主编　凌翔

当代著名作家美文自选集

与你相逢，总梦繁花一树明

米芷萍　著

中国妇女出版社

图书在版编目（CIP）数据

与你相逢，总梦繁花一树明 / 米芷萍著. -- 北京：中国妇女出版社，2019.10
（当代著名作家美文自选集 / 凌翔主编）
ISBN 978-7-5127-1789-3

Ⅰ.①与…　Ⅱ.①米…　Ⅲ.①散文集－中国－当代　Ⅳ.①I267

中国版本图书馆CIP数据核字(2019)第203927号

与你相逢，总梦繁花一树明

作　　者：米芷萍　著
责任编辑：邢亚丽
封面设计：陈　姝
责任印制：王卫东
出版发行：中国妇女出版社
地　　址：北京市东城区史家胡同甲24号　　邮政编码：100010
电　　话：(010) 65133160（发行部）　65133161（邮购）
网　　址：www.womenbooks.cn
法律顾问：北京市道可特律师事务所
经　　销：各地新华书店
印　　刷：唐山楠萍印务有限公司
开　　本：165×230　1/16
印　　张：13
字　　数：180千字
版　　次：2019年10月第1版
印　　次：2019年10月第1次
书　　号：ISBN 978-7-5127-1789-3
定　　价：49.80元

序

我现在居住、工作和生活的地方是在一个小村庄。它朴素，宁静，美丽，厚重。我常常会一个人凝视着身后的森林、身前的峡湾很久很久。我目光远眺，内心思索的却是另一个地方。那是我的故乡。那也是一个小村庄。

我年少时曾经一次次冲动、不甘与倔强，现在才发现不是因为不爱，而是因为太爱。我曾逃离的地方，如今却是我生生世世所念之地。

我曾写过的那些离愁与伤感，情长与无奈，都在落雪的日子让我再一次泪湿满衣。我憧憬一次次的相逢，一句句的暖心，只为再忆一回往事，再露一次心笑。

生活这杯酒不是每个人都可以饮透。有的人醉在其中不醒，有的人是不肯醒。好在我在半醉半醒中知道情重与酒浓。

借着酒意与月光，我仍感叹世界之大，大到我从未曾想过会来地球的北角。但我也感怀于世界之小，小到在千千万万人中竟遇到这么多灵魂相似的人。

一切的相遇好似在提醒着我，那是来自离别的安慰。那是我一路向北，让我照彩云归的引导。

我愿循着文字的馨香再回到自己熟悉的那条小路，不忘初心，始终审视自己。愿终老之时，再回忆往事时，在一世的尘埃中摊在我眼前的是那些幸福片段，是我对人生的满足、欣慰和不悔！

米芷萍

2019.3.10

目　录

第一辑　随一片雪花往北飞

第二辑　回忆如月光　温暖心房

第三辑　笑醒在阳光深处

第四辑　花木扶疏再相遇

第五辑　为爱而行

第一辑　随一片雪花往北飞

我在地球的北角，迎邂逅的风

山抹微云，斜阳外有阵风正穿云而来。

落地之叶无声无息地躺着，好像在等着什么。也许是在等风，那个让它们与树相分离的始作俑者。又或许在等雨雪，浸湿之后再被阳光风化，最终化为泥，变为尘。在这惹人煽情的季节，人们总是被一次次感动而有些坐立不安，怕辜负了这带着鼓励的期盼，就如这风怕扰了云，本想轻抚，却一吹而散。

有人曾认为，喜悦是转瞬即逝的，而悲，却可以终生相伴。这种典型悲观主义者的观念，被认为是骨子中与生俱来的悲，是一种忘我得如流水、不会回头的倔强与无奈情怀。

再悲再痛，有光有爱，就会把这些负情绪抹除。那种整天嘻嘻哈哈的，其实是足可以枯坐到东方晓白，坐凉一江春愁的孤独之人。在屋檐下，额前一缕湿发，滴下的是昨夜的饮泣之泪。而那种整天悲风叹雨的，却是长梦无痕，一切人和物在他们眼中清浅得如一纸白的人。在庭树上，耳后一段温声，流淌的是今晨的喜笑之颜。

在这葳蕤的光阴里，叹尽物转星移，咽下所有委屈的人，可以在笑里落泪，在顿悟中唏嘘。

昨天被人忽略，今天被人否定，明天被人忘记。有多少人就这样日复一日，年复一年地生活着。那个梦无痕的人，却月照难眠起来。叹息，自卑和灰心不会让自己有任何改变。但来自一个他人的感动，就会让这些情绪全部消失。

我不是非梧桐不栖，非竹实不食，非甘泉不饮的凤凰。但我就是非我愿不做，非我思不想，非我喜不求之人。而这样的人最脆弱，也是最致命的。这在于不是你去伤害她，她感觉痛，而是你去感动她。这种感动，像可操控的遥控器，让这些碎片又可以重合，完好无缺的，没有缝隙的，像是从来没有分离过一样的重合，回到它应在的地方。

本以为是固态的心，却游离起来。从心到眼，折射出来的，如万千之乱箭，射正的，是自己随行的一个个碎片灵魂。

哲学上讲，一切事物都有对立面，都有矛盾性。那感动也不例外。

让我心惶，让我急切想得到的是，爱我的人对我的期盼。我不是为了我的小自私而去追求明天的成功，而是为了感动，为了不想辜负，更为了今天和明天的阳光。这北欧的黑夜与白昼较量起来，赢的却是风。吹醒了我心空行浅，游离不定的复归，更吹醒了我在白日的酣睡，在阳光深处我笑着醒来。

我在地球的北角，迎邂逅的风，我知道它来得正是时候。

我的世界下雪了

今年的雪比以往来得稍微晚了一些。是的，对于在北极圈附近的挪威来说，的确是晚了一些。

以前我是在初秋时看雪，对于此次深冬而来的雪我便多了份心喜。

我守着曾经的付出、欢乐与眼泪，再寒冷，也感觉温暖如春。是什么能让一个人身处人烟稀少的寒冷之地，还愿意乐观和温暖地看世界？我想应该是历经尘世沧桑，看透人世间的纷扰杂事，正确和冷静地面对死亡，与他人的痛苦感同身受的人，才会如此。

我出生在东北。那个地方冬天极冷，最冷时能达到零下三十摄氏度，而且可以持续好几周。我出生在这么寒冷的地方，但自己却是一个怕冷又不喜欢漫长冬季的人。

那年，我怀着对生活的憧憬，对爱情的向往，对伤痛的逃避，去了上海。那个我曾认为的冬天不冷之地。可命运就是如此捉弄于人，怎么也不会想到兜兜转转之后，我竟定居在了一个冬季长达半年之久的国家——挪威。

这个在地球的北角、北极圈附近的国家，让我认为北之北，就是世界的边缘和尽头。可我却忘了地球是圆的，哪有什么边缘和尽头，也许走着走着就回到了原点。原来我一直想逃离的地方，其实自己一直身在其中，而那也是我这一生终将心念之处。

望着满眼白茫茫的世界，我想起了作家迟子建的文字：“梦醒之时，窗外正是沉沉暗夜，我回忆起一年之中，不论什么季节，我都要做关于雪花的梦，哪怕窗外是一派鸟语花香。看来环绕着我的，注定是一个清凉而又忧伤、浪漫而又寒冷的世界。我心有所动，迫切地想在白纸上写下一行字。我伸手去开床头的灯，没有打亮它，想必夜晚时停电了；我便打开手机，借着它微弱的光亮，抓过一支笔，在一张打字纸上把那句最能表达我思想和情感的话写了出来，然后又回到床上，继续我的梦。那句话是：我的世界下雪了。”

她的文字总是那么静水流深，舒缓温存。此时，我坐在书桌旁，手在电脑键盘上敲打着，然后停下来转身侧望窗外。是的，我的世界也下雪了。我虽是一飘零浮萍，但总想停下脚步，回到让我心安的故乡。那里的山水、树木和花草，还有我最爱的亲人朋友，那是无论我漂泊在哪儿都会怀念的。

我的世界下雪了。窗外，万山之外，千条河流之尽，我的故乡是否也在飘雪？是否有人也在想我？是否也会说一句：“我的世界下雪了！”

隔着时光深念

是否有一个人，让你过目不忘。是否有一个人，让你感觉唯有他，才是你想要了解的答案。是否有一个人，让你悲，让你喜，更让你感到矛盾。我想答案是肯定的。

从前慢

——木心

记得早先少年时
大家诚诚恳恳
说一句是一句
清早上火车站
长街黑暗无行人
卖豆浆的小店冒着热气
从前的日色变得慢
车，马，邮件都慢

一生只够爱一个人
从前的锁也好看
钥匙精美有样子
你锁了人家就懂了

我第一次听到这首小诗是以歌曲的形式被人传唱。这真挚的情感，这发自内心的声音，让人一听便陷了进去。这世间，最感人的情感，最让人又爱又恨的，爱情排第一。

曾几何时，我们也在慢慢地思念，慢慢地爱着。一生只够爱一个人啊，因为心中只容得下这个人，一丁点儿的缝隙都没有再给其他人。木心懂，其实我们也懂。当雨季来临，当夜色只剩下灰与黑，我的心中也只剩下你。那些念念不忘啊，爬满了心房。

渡边淳一郎曾写道："一封信有着胜过十通电话的温柔。"于是执笔想写下不安，想在字里行间，写着思念与温情，想写一起看星星，因为那是想你握着我的手，搂着我的腰。可那时，自己都不自信，总把欣赏的人强加于自己的执念之中，但又说不出口。字写下来，却只有十六个字："寻寻觅觅，冷冷清清。重见何年，白马天边。"但信还是没有寄出。我笑了，笑仍然活在自己假想的梦中，我们没有见过，何来重一词。不，连宝玉不都说过："这个妹妹好像在哪儿见过。"那我们，一定也是在哪儿见过的。虽然我们永远不会是他们两位。

我这些自言自语啊，这些写完不能寄出的信啊，这些可能没有人真正懂的一腔之情，就随着这夜色进入梦中吧。心中历久弥坚的坚持，如信仰一样，那是任何一切形式的"摧毁"都不能让我们改变的。那年情窦初开之时的爱，在心中，只能隔着时光深念。

晨雨伴轻悠

这场雨在人们的翘首期盼中而来，应了那句：念念不忘，必有回响。

花在等它，因为有它的滋润，这些美丽之物才能绽放得更加美丽，美到极致。草在等它，因为有它的眷顾，这些渺小却有着强大生命力的小物才能继续蔓延，蔓延到广阔之境。树在等它，因为有它的馈赠，这些参天大物才能更加繁茂，更能为我们遮挡暴晒。我在等它，因为有它的轻抚，我才能够把这份夏日的烦闷扫去。早上没睁开眼时，就想一直在床上这样享受。

那时，建筑工地中大型车辆的声音，楼下大妈们跳广场舞的声音，还有隔壁邻居催促孩子的上学声都反复冲进耳膜中。每个人都好像在急吼吼地做事情。我每天起来时都稍带有着怨气。那时父母看得出我的不愉快，对我说：“早起的鸟有虫吃！早点起来把该做的事都做了，这样节省出好多时间，多划算！”想想也不无道理，便把悲观情绪瞬间化为乐观向上的动力。这也印证了有时你认为困扰你的事会在某一方面成为你的动力。一枚硬币永远有两个面。

思绪又回过神来，睁开眼，轻拉开窗帘。天微亮，细雨蒙蒙，微风轻摇树叶。叶子们飘落在地上，等待被风干，或被雨浸湿透，随时间流淌腐化成泥。思绪这时会小驻一会儿，我不是黛玉，不为落花而泣，但这静得连树叶轻落的声音都可以听见，又让人感慨万千。我喜欢这细雨绵绵。

有人说，雨是一种愁情的象征。连电影中悲剧的发生场景大多也是在风雨之中。分手，离别，无一不是雨在做陪衬。一场场雨，就是一个个伤心的故事。不，至少对我来说，有一件事不是。

那年，在雨中，他第一次为我撑起了伞。我喜欢那一场雨，感谢那一场雨。

我低眉颔首微笑，终于明白心中小鹿乱撞的感觉。他也微笑着，我虽然不敢直视他，但还是控制不住自己的目光朝向他。

好像那一场雨，就是为我们而下。雨毕，我也到了家门口。他收起伞，举在半空说让我把它留下。我连拒绝的话都激动得说不出口，连那句“谢谢”也是我转身后才小声说出。我跑回屋子，半个身子躲在窗边，头探出来小心地寻着，寻着他的目光，寻着他的心思。四目相撞时，我的心像被电击了一般，但不是疼痛，是喜，是幸福。

爱情，总是让人心动。雨，总是让我欢喜。

回过头来再望向窗外，雨没停，但也不会担心满城涓涤。远处外山上薄雾缭绕。杜甫的诗《晨雨》更能描述现在我的所见。

晨雨

小雨晨光内，初来叶上闻。

雾交才洒地，风逆旋随云。

暂起柴荆色，轻沾鸟兽群。

麝香山一半，亭午未全分。

若无相欠，怎会相见

曾在一本书上看到，若无相欠，怎么会相见？欠得多了，这一世便结伴得久一些！欠得少了，还完了，也就散了……

我一直相信所有的相遇都是注定的。这一生我们会遇到很多人，让我们哭和笑的刻骨铭心之人，让我们也许若干年后会忘却，即使别人说出都不再记起的人。有时，你所遇的，不是期盼的；你所爱的，不是爱你的；你所恨的，不是恨你的。除了亲情，是刻在血脉中你做不了主可以更改的。但友情、爱情，相对来说，有时主动权在你自己。那些断了的缘分，你可曾后悔过；那些付出的，你可曾忘记过。

徐志摩曾说："我将在茫茫人海之中，访我唯一灵魂之伴侣。得之我幸，不得我命！"这也在说，其实命是注定的。但有人为了情，和命拼。所以，有了不离不弃，有了"山无棱，天地合，才敢与君绝"。

那年，读了三毛和荷西的故事，除了羡慕就是感动，但最深的是痛，为两个人的结局。那年，我和我的他，去了三毛和荷西生活过的大加纳利岛，无意间拍到了两只鸽子相依呢喃的相片。泪，流了我满心。我不想论他人的是与非，不论三毛个人情感隐私，也不想探究她到底爱过几个男人。只想说，在一起，就深爱，死亡都不能把两个人分开。能分开的，只有不爱，只有不欠，再不见。情还了，人就走了，带着身，带着心。

我们这一生会遇到很多人，有人留下一直在身边，有人匆匆而过，来不及说再见。生活中我们不是害怕分别，而是当离开后才明白还没来得及去爱。还记得今年最让人感动的句子吗？那就是："遇见是两个人的事，离开却是一个人的决定。这是一个流行离开的世界，但是我们都不擅长告别。"有些人和事，错过了，或许也就永远错过了，没有再重新拥有的机会。我们都听过那句："不要等到失去，才懂得珍惜。"不要等到夜深人静记忆轻叩心扉，整理如莲的往事时，才真正意识到你已失去。而本应是充满幸福的回忆，变成了生命中永带着遗憾的内疚。

在一个你追我赶、追求效率的年代，我们被快节奏生活所影响，好像对很多事缺乏耐心。没耐心也就失去了爱的激情，认为这些事都不重要，或许认为可以等一等。

时间，有人说过得太慢，说来日方长，认为今天不能陪伴，还有明天、后天、大后天。一天拖一天，等到离别那天真的到来了，我们却后悔，也才意识到有些事来日并不方长。而有人说时间太快，因为还没来得及思考和感悟，也许一个意外就让我们和爱的人天各一方。

一次的离别伤痛告诉了我们，这就是生活，这就是残酷的人生，但在你没失去前，还来得及对你身边的人去表达爱，去展示爱，去深爱。于丹说过，什么才是真正地拥有？一念即起，拼尽心力当下完成，那一刻，才算是真正实在的拥有。所以，想要拥有幸福，不要等到来不及才去爱！要珍惜当下，珍惜眼前人。无论亲情、友情还是爱情，若无相欠，怎会相见。

挪威的秋雨

挪威的初秋很冷，晨时，大地上结了白白的一层浅霜，正午温暖的阳光也不能把它融化掉。挪威的秋雨，仿佛更能让人感到伤悲。在寒凉中，满眸看到的是遍地的落叶，好像在无声地告诉人们，它们曾历经辉煌，无论有多不舍、多无奈，但还要随风、随雨而落幕。我在午后的秋雨中，看一串串雨滴满窗。这一下，断断续续就是几天。

也是一个秋雨的下午，我独自一人坐上了国际航班飞往北欧。吾心安处是吾乡，这句话恰时出现在我那失落的心境中。一个人的孤独，源自心无安处。下飞机时，也正值雨天。我低眉苦笑着，心里想着可能是我把雨带到了挪威。

风起花落，叶片上还有小小的雨珠，我又悲伤起来。这悲伤的情绪会不会也遗传呢？我母亲就是一个悲秋伤雨之人。在我初中接触《红楼梦》时，一直感觉我接触的现实人物中，我母亲是最接近林黛玉这个人物的，因为她总咳嗽，总闷闷不乐。我甚至还有一次开玩笑地和她说："妈，你改名叫林姑娘吧！"她总是回我："这孩子，又开始乱语了。"这样的回答让我在心中更加认为她就是林姑娘的复版。每到深秋下雨时，她就身体不适，不是说腿痛，就是得了风寒后咳嗽不止。那是我第一次讨厌秋天，记恨秋雨，因为我认为它们就是让妈妈得病的“元凶”。我还不时地告诉她，我最不喜欢的就是秋天，更不喜欢秋天的雨。她总是摸摸我的头说：“傻孩子，秋天的好处多着呢！秋雨更是。还有，你爸爸的生日就在秋天啊。”

若干年后，一场秋雨之时，是爸爸从老家一路陪伴送我到的机场。那几个小时，是我和我爸接触最多、聊天最多的时光。

秋雨后氤氲的水雾，所有一切包围在朦胧之中，让人看不清，让人猜不透，就如我和父母的关系。单亲家庭长大的孩子，总是悲伤多于喜乐，悲观多于乐观。这是有些人的认定。我不全否定这句话，但我始终相信一个人的悲伤与喜乐，会与家庭成长环境有关，但这不是决定性的因素。

有多少人可以做到不以物喜、不以已悲呢？

外面的雨，还在淅淅沥沥地下个不停，我按下一串电话号码，电话那边传来妈妈温柔的应答声，没有伤悲之情，没有愁苦之气，更没有咳嗽之声，我听到的是喜悦之声缓缓地从话筒传来。好像所有妈妈第一句话都会问：“你冷不冷？多穿些。吃饭了吗？多吃点！”放下电话，虽有一丝寂寞后的心伤与思念的苦感，但却意外的感觉心暖。

是啊，还有人关心，还有人想着。再多的负能量应该都会随着这秋雨一样，落入地上，蒸发风化，消失于空中。

挪威的秋雨寒，但我心仍暖。

挪威的雪

我出生在东北，对雪是见怪不怪的，正因如此，我又深恋于它。对于北极圈挪威的雪，我更是一见倾心。

挪威有三分之一的国土在北极圈内，所以冬季漫长多雪，我又住在峡湾附近，雪早临晚走是自然现象。每年十月来，来年四月走。而挪威北部五六月飘雪更是常见的事。

挪威的雪，很美，一下便让眼前的整个世界都仙起来。雪自天空缓缓而下，当你仰望时，落在你额头上的仿佛如棉絮，那样轻，那样柔。目光远眺，所及之处全是白茫茫一片，白得纯粹，让人觉得安宁。那高山顶的白雪被阳光照得如镶嵌了钻石一样耀眼。几十米高的松柏被一阵风吹过，便摇晃下朵朵雪花，落在蹦跳的松鼠身上，顷刻间这些小可爱们就换了装，满身披着白色跳窜。挪威野鹿踏着厚雪，在寻找着可食之物。因为森林积雪太多，它们不得不找靠近人家周围的矮灌木丛。所以，在冬天，野鹿总出没在人们的院子中。当人们围坐在壁炉旁喝着咖啡，听到院内吱吱作响时，他们一点也不惊慌，因为那一定是小鹿们的拜访。

对于有着极夜现象的国家，雪对于挪威人来说不只是一个自然现象，它无疑更是黑夜的一束光。这束光照亮了人们眼前的黑暗世界，又抹去了人们心中的忧郁之情。人们盼雪也是因为雪来了，世界就明亮起来。想起袁枚的一句诗：“吹灯窗更明，月照一天雪。”很多人一见雪就感到寒冷，不仅身，还有心。在固有的思想中，好像体感的冰冷就是让人远之的本能反应。可他们好像忘却了热不也是如此吗？

雪是大自然的馈赠，它虽不能媲美太阳对一切生命的重要性，但又是不可无之事。欣赏还来不及，为何还有人去厌它？人总是“以物喜，以己悲”，这是人正常的情绪反应，但情绪的控制还要自己去调整。虽人人不能做到“不以物喜，不以己悲”，但应“以悲观之心境过乐观之生活，以无生之觉悟做有生之事业”。

此生以冬雪为伴，我愿“年年雪里，常插梅花醉”。

北之北

与北方相遇，那是注定的，更改不了的现实。

前几日，请朋友刻两枚印章。一枚刻我的名字，另一枚刻什么在犹豫中但又一时没了概念，突然想到“裂”字。诗人莱昂纳德·科恩曾说：“万物皆有裂缝，那是光照进来的地方。”总感觉“裂”字被赋予了一种神秘和力量。当听到这个字时，他是有些吃惊的，因为他问了我几次确不确定。我的回答当时也是模棱两可。

当他把白文和朱文样式写出来发给我时，我终于明白为什么他吃惊了。人的主观感觉大部分来源于视觉。当这个字的样式呈现在我眼前时，它像极了一种符号，给人一种让人拒绝，让人心悲，甚至反感的感受。没办法，只能换字。在“空”“度“北”中，我最后还是选择了“北”。我出生在东北，现在又居住在北极圈附近的北欧，世界的北角，所以总感觉和这个字有缘分。

北方以北，都是冬季，很多人这样认为。寒意和雪来得突然、凶猛，甚至没有征兆。很多人认为下雪时浪漫，雪停了，只剩几片黑云和窗外偶尔呼啸的风在虚张声势。之后，雪被炽烈的太阳晒得融化后，大地变得泥泞、难看。而我却越来越爱这北方以北，因为即使它的冬季长达半年之久，但以乐观心态面对就不会感到悲冷。

北方以北，人少。有人的地方就有江湖，而有江湖又避免不了纷争。与人打交道是一个情商难题。捉摸不透的人和事总让人感到生活的不易。也许是地理位置原因，也许是与生俱来的朴实与内敛，同时也非常客观理性，那就是越是寒冷之地的人，越热情，越直接。

想起那年从北京飞挪威时的情景。飞机飞过了俄罗斯，再往北飞。我当时还开玩笑地和友人说这回看北极熊可方便多了。友人对我说，看北极熊还得去挪威的北部。我疑惑着问北之北是哪儿？清楚地记得他说是家乡，因为地球是圆的，兜兜转转还是会回到原点。

我闭上眼睛，耳畔传来的是亲人渐渐熟睡的打鼾声，我却怎么也睡不着。越是深夜安静时，越容易让人陷入沉思。身体还没到达目的地，却有了掉头飞回去的想法。梭无畏山川河流，一心向北归，向着家乡，向着那里的亲人。

如今在地球的北角我已经住了近十年，但还是想自己的北方。北之北外，是我现在的半个家，再向北是我回不去的故乡。在垂暮之年到来前，我知道我一定会再背上行囊，踏上朝北之北的路，一路向北而行。

秋情

一场秋雨后让人更感挪威的秋是真的不期而遇了。有些人一直不大喜欢秋天，他们认为这不只是因为秋是伤的另一种隐义，更因为秋之后将是天凝地闭、岁暮天寒的冬。

我不想说这是杞人忧天，但这多少有点把悲苦提前化了。可有人会想明明这是自然赋予的最好馈赠，是万物生长的规律，为何一定要往悲伤之处去想？其实这也不难回答，因为现实中的很多事例可以给你解答。

秋之初，开学季，有人到了相聚之时，也有人到了离别之时，远离父母、好友，或者恋人，愁情自然而来。又有人会认为这哪儿是什么杞人忧天？如果爱得深，与哪个分别不伤情？不只是在秋吧，在任何一个季节都会如此。是啊，想一想果真是这样。那为什么在秋会如此神伤和心伤呢？

怕自己的答案不专业，我还特意去网上查了一下：中医学认为，人体的五脏六腑、七情六欲与五行学说和四季变化存在着相应的联系。以五行学说中“金、木、水、火、土”的“金”为例：五脏中的“肺”属金，七情中的“悲”属金，四季中的“秋”也属金。因此在秋天，尤其是秋雨连绵的日子里，人们除了容易“秋燥”，有时也容易产生伤感的情绪。此外，“一场秋雨一场寒”，气温的骤然下降，会使人体新陈代谢和生理机能均受到抑制，导致内分泌功能紊乱，进而使人情绪低落，注意力难以集中，甚至还会出现心慌、多梦、失眠等一系列症状，即人们通常所说的“低温抑郁症”。

不只是当今的人，古人更是如此。马致远在《天净沙·秋思》里描绘了一组悲秋的意象：

枯藤老树昏鸦，
小桥流水人家，
古道西风瘦马。
夕阳西下，断肠人在天涯。

但资料上又给人这样一个转折性的解释：有悲秋情绪的人，一定是有相当文化品位、感情丰富敏感的人，这样的人对人生体验深刻，在人格上追求完美，更应该得到尊重和爱护。

有人又坐不住了，会说什么抑郁、孤独、有品位的，无非就是些无病呻吟、悲花伤雨的闲人。原来很多人对抑郁、孤独、品位这三个词有错误的认知。那到底这三个词要怎么定论呢？仁者见仁，智者见智。秋来了，你自己的感受最真。那就去感受和感悟吧！

与自然相连的淳朴

在我喜欢的女作家中，迟子建老师曾给了我精神上的震撼。读迟子建老师的作品，其具有立体感的文字与特殊的才气也给我留下了深刻的印象。那些看似普通的文字透露出的是一个性情中人的思考。那些谐趣横生、引人深思的文学作品让我体会到文学即是人学。曾获茅盾文学奖、鲁迅文学奖、冰心散文奖、庄重文学奖的作家，几乎每一部作品都透着一股与自然相连的淳朴。

迟子建的文学作品几乎离不开大雪、森林和湖泊，这与她的生长环境有关。她出生在中国的最北端，北极之村漠河。当我阅读她的作品时似乎悠游于一个空灵澄澈的文字丛林。这也正如她自己曾写："作家因生长地不同，经历不同，艺术气质不同，也就拥有不同的小说丛林。小说的丛林在想象的世界中，可以无限大。"

在她的作品中，我们看到温暖总是与痛交织，善良与丑恶相伴。正是这样才让我看到了人性的两极。我敬佩隐藏在文字中那个拒绝浮华的身影，那个孜孜以求对文学的探索与热爱，那颗一直谦虚与不愿被世俗所影响的心，让我感受到一个至情至性的人始终保持的是自然的淳朴。

在迟子建老师的作品中，很多都能给人带来心灵的震撼。从《额尔古纳河右岸》到《伪满洲国》，从《群山之巅》到《一匹马两个人》，她用现实的历史结合文学创作之则，把大自然最真、反映社会深层次的问题展露给大众。她用锋利的笔尖，客观地去审视社会，思考生活，行文充满了对人性温情的关怀，对社会严肃的深思。迟子建老师深知作为一个文学创作者，文学的视域和生命是："审视自我和社会，拷问人性。"她秉承这一理念，以人性、历史及自己独到的眼光和感受，为读者精心解读和揭示文学与人性、生活、社会、世界、历史的关系。

迟子建老师热爱生活，虽然生活曾给她无尽的痛和悲，让她失去亲人和爱人，但也是这些痛才让她写出心底对生活的呐喊。一个作家如果没有刻骨铭心的痛，就不会写出让人深思的作品，而痛和悲是一个人最应当经历的事情。

如今，迟子建老师已经在文学领域取得巨大成就，但她仍生活在东北，过着和普通人一样的生活。她每年会回自己的出生地，那个中国最北端，最接近大自然的小村庄。在那里，她能获得写作灵感，能把最自然淳朴的情感缓缓书写出来，把最有价值的文学作品分享给大众。愿迟子建老师能继续坚守这样的情怀，在未来的文学创作之路上给我们更多的惊喜。

我的工作

萧伯纳曾说：“我的生命属于整个社会。在我有生之年，尽我力所能及为整个社会工作，这就是我特殊的荣幸。”而我对自己现在从事的工作也感到很荣幸。

有人说看我照片不像是会从事这一职业的人。其实刚开始工作时，有很多时刻都感觉自己做不了这份工作，认为这个职业根本不适合我。我性格上有很多缺陷，比如敏感、孤独、倔强、善感、没有安全感和缺乏爱。

面对这么一份经常面对死亡，面对被人说最枯燥，甚至是脏和累的工作时，我曾感到悲观、绝望。悲观的人做着一件悲伤的事，那终究走不出悲观的深渊。曾和家人不止一次表明不想做这份工作，但让我改变想法的是工作中那些人的一个微笑、一句句感谢，还有面对死亡时那种触动我内心的震撼。终于明白，越勇敢的人，越不怕生活的虐待；越乐观的人，越敢正视死亡。

工作中难忘的人有已过世的两位老人。其中一位去世一小时前还和我同事有说有笑地聊天。我送下午餐到他房间时，发现他坐在卫生间的坐便器上，脸色惨白，身体僵硬，然后是我人生中第一次亲自去验证死者的呼吸，并马上按应急铃通知同事、医生到达现场。另一位老人，因为个人原因，自己的独生子选择不来送终。她生前一段时间就没有语言功能，在她生命的最后几天，虽不能讲话，但泪水不时涌出眼眶，让人无奈和心痛。

她临终前，我还坐在床前和她聊天（当然只是我一个人说）。我陪她到晚上 10 点，之后我下班。一个小时后，她去世。因为她唯一的儿子拒绝与她联系，她的葬礼只有四个人参加。她的墓地前没有见过鲜花，所以每年夏天我都会带花放在她墓地前。

在世的让我印象深刻的两位老人，一位将满 103 岁，她可以行走，每天在房间中看书看电视，有洁癖，但是对自己而不是对其他人。她没有任何疾病，经常和我们聊天开玩笑。在她身上，我看到自律和乐观，看到活着才是人生最大的馈赠。

另一位老人 97 岁，守寡近 50 年。她年轻时经常参加公益活动，并一直捐助非洲儿童。这位老人上个月截肢一条腿（右腿从膝盖处截肢）。她因为自己全身循环系统原因，腿部出现脓疮，不可治愈，病变已经侵蚀皮肤和骨骼，如果不截肢将会全身溃烂而死。97 岁的年龄，在生死面前，她还是选择了放弃一条腿而选择生。

我深受感动，这也是我申请死后志愿无偿捐赠器官的原因之一。也就是说，不管是意外死亡还是病逝，也不管在世界任何一个国家，死后我身体的任何一个器官都将无偿捐赠。

目前工作中的困难是，有的老人患阿尔茨海默病（老年痴呆症），情绪特别不稳定。有的一时看不住，就容易出走老人院，这对老人和我们来说后果都很严重。还有就是，有的老人半小时之内能按铃达二十次以上，非常考验我们的忍耐力。我们必须克制自己的情绪，在老人面前一定要微笑，一定要以他们为主去关心和照顾。有的老人不相信我一个外国人会照顾好他们。这和让一个外国人去我们中国某地工作差不多，肯定会因文化习俗、语言交流而出现困难。

不要以貌取人，不要以眼见就评断一切。我不是什么出身书香门第之人，也不是暴发户。我不是高学历医科毕业，不是学富五车之人。相反，我才疏学浅，还有些孤陋寡闻。我就是一个在挪威养老院照顾老人，陪伴他们走入人生终点的人。我不认为我的工作有多伟大，它就是最普通的一项工作。挪威的医疗制度、工作环境肯定是和国内有差别的，所从事这项工作的人在工作时和工作后感悟也是不一样的。

我的工作没有钩心斗角。我大概一周工作两三天，也有时四五天。虽然工作时间少，但工资也足够让我经济独立，去想去的国家旅行。不工作时，我无非就是写作、阅读、练习摄影，偶尔练习书法，还有就是享受家庭时光。夏天时，还会围着我的小花园转。但我父母在国内，我也会为他们以后的生活和养老担忧。

我也有自己的世俗面：家人！能在自己能力范围内给父母和家人最好的。朋友！让她们以我为骄傲（希望在别人提起我时，她们可以自豪地说那是我好友）。旅行！世界那么大，我必须去看看。写作！获得自己的肯定，他人的理解。虽然我脾气不好，经常怼人，但从小和我奶奶一起生活的原因，我对老人有一种特别的亲近感。任老人在工作中怎么“虐我”，我也不会生气，更不会反驳。因为工作是工作，对事不对人。

我的工作让我明白：人生短暂。我为热爱而活，我热爱我的工作。任何人贬低我，我也不会悲伤，不被任何人的思想所左右。爱值得爱的人！做值得做的事！走值得的路！人间，值得！

归国年思

古诗有言，“每逢佳节倍思亲”！又到了对我们中国人来说最重要的节日——春节，而今年春节，我将不再倍思亲，因为我会与亲人一起过节！

自从离开东北到上海，再到丹麦，最后到挪威，虽每隔一年回一次国，但已整整十年没有在东北过春节了。人生，有几个十年呢？而我们的父母又还有几个十年呢？父母在，人生尚有来处；父母去，人生只剩归途。还好，我现在还尚有来处。人所居住的是房子，只有心安处有自己爱和爱自己的人，这才叫家！而苏轼那句“此心安处是吾乡”是我们心中最真实的解释。

我们可能不能拥有几百万、几千万的房子，但我们都拥有家，那是用金钱买不到的世间最珍贵的东西。我知道每年春节有几千万不能回家的中国人，因为工作原因，他们在各自的岗位上坚守着。而因为其他原因不能归家的也大有人在。

只有回不去的人，没有回不去的心。那些没有回家的人，我相信他们也一定心在家处。若不是生活所逼，谁愿意颠沛流离。

记得小时候，我们总是围炉煮茗，大人们饮着白干，小孩子们吃着一年中最丰盛的年夜饭。地炉，暖炕，在氤氲之室内看着春晚其乐融融地庆祝着新年。随着时代的发展，人们生活水平的不断提高，过年的方式也和以前大有不同了。地炉、暖炕已经慢慢淡出人们的视线，而年夜饭再也不是人们一年中吃得最好的一顿了，连春晚也不是家家户户守在电视前的一项春节必看节目了。还有雪都“罢工”了。父母说今年家乡只下过两次雪，没有一次积存住的。这对于我们东北来说是罕见的。以前年三十之夜，大家点上鞭炮，火花绽放在夜空中，在凛冽的天宇下，烟花绚烂旋转，慢慢地散落在雪地之中。那是雪的怀抱，那也是年的一个象征。可如今，那句“晚来天欲雪，能饮一杯无”，看来也问不出口了。

可不管时代怎么变化，过年的庆祝方式怎么改变，归家的心是永远不会变的！

此次回国过春节遇到一些人，应了贺知章那首诗：“少小离家老大回，乡音无改鬓毛衰。儿童相见不相识，笑问客从何处来。”我虽无鬓毛衰，但的确乡音无改。

我在挪威生活的地方，只有我一个中国人。虽在网上和亲友微信联系，但想一想生活八年来，周围无一人与我在现实生活中用汉语交谈，这种情况和心情只有经历的人才懂。我对汉语是多么的渴求与思念，可能这也是为什么我如此热爱写作，坚持笔耕不辍的原因之一吧！这也是下飞机到北京后，周围全是母语的声音，自己表现出激动和感动的原因。我十分赞同那句：越是出了国才越爱国！出了国才知道我们汉语博大精深，才知道我们中国文化是中华民族数千年来文化的精华，是实现民族崛起和伟大复兴的源头活水，更是实现中国梦的根本动力。

我虽只为世上一微尘，但愿持我拙手与愚思，尽自己最大努力传播中国文化。阴历年中一年的最后一天，我在我的祖国、我的家乡祝大家新年快乐！

挪威，我一个人的世界

春节期间我回中国三十天。这三十天算是我生命中一段重要的日子。它让我的心态发生了变化：多了一份理解，看开了一些事情，也有一些矛盾，还有一些无奈。

在很多事情上，我想做个善良的人，但实际上我做出了一些伤害别人和自己的行为。好多人劝我要懂人情世故，要学会变通，不是我不会，是我初心未改。

三十天后，我回归挪威，继续北角的生活。这个安静得只听得到鸟鸣、风声和自己心跳和呼吸的地方，让我安静下来。

我愿与大家分享这份静，可又掺杂着一点我的不安与矛盾、我的释然与抗争。无论怎么样，只愿你读后有所思，有所益，有所静。

回挪威三天，我这次倒时差倒得痛苦，一直没把应该转变过来的生物钟调好。下午五点就困得不行，半夜十二点醒，之后一直睡不着。如果不把生物钟调整过来，就会危害自己的身体健康。

不得已，我决定出门，去了离家车程十分钟的高山森林中。车胎轧在雪地中，深深地烙上印记，好像在对自然证明我们来过，这个世界我们来过。可只要下一场雪，这一切都会消失。所以，有些事，不是为了证明，至少我不是为了证明什么。我来过，是偶然，也是必然，于这个森林，于这个世界。

刚回中国时，每天面对那么多人，我感觉有点不适应。回到挪威也突然有了这种感觉。每天早上起来静得吓人。来到一个滑雪和滑冰地，远远的只看到一个身影。我问："他不害怕吗？"

先生回答："怕什么？又没有危险动物。"

"人啊！没有其他人，他不会怕吗？"

先生笑了，回我说："只有人，才是最善良，也是最危险的高级动物。"

他是我的生活哲学家，他看懂了一切我看不明白的事情。

一个人的世界里有孤单，但没有寂寞，也没有无聊。我们都是一个个体，和他人相遇才是集体。

哲学家梭罗曾说："当我们来到异国他乡，虽置身于滚滚人群中，却常常比独处家中更觉得孤独。而孤独，又不能以人与人的空间距离来度量。"我们可以独自生活，但不能独自生存。一个人的世界里，我和自己对话，那些喜怒哀乐不再期望被理解，被肯定。这种独处是一种最自然的生活方式，是一种生活享受。

有一部电影这样讲："到了我们这个阶段，已经很清楚自己喜欢什么，讨厌什么。喜欢就尽情享受，讨厌就一点不做。"

就如这篇文章一样，你懂是你的思想感悟，你不懂，是我没有表达好。但我不是需要有人懂而写，只是分享，让你懂你自己，而不是我。可能在阅读的同时，你是在和自己独处。

踩着滑雪板出生的挪威人

在挪威有一句话几乎全民所知，那就是：我们挪威人是踩着滑雪板出生的。

挪威，这个国土面积有三分之一在北极圈的国家，冬季长达七个月之久，时间是从十月中旬到来年的四月中旬。而九月和五月飘雪也是很常见的事。北部地区，甚至六七月份还曾出现过飘雪现象。在这么漫长寒冷的冬季，挪威人最情有独钟的一项室外活动就是滑雪。

没有什么比雪更让小孩子们高兴的事了。雪一下，孩子们便兴奋起来，穿上保暖的衣服，和着欢呼声出门。眼前的雪白世界纯洁得就如孩子们的心灵。脚踩雪发出嘎吱嘎吱的声音，配着孩子们的嬉戏声，给这个严寒又冷漠的冬季添加了别样的欢乐。脚踏滑雪板，那种在风中飘移的感觉更是不能言表。也许鸟儿喜欢在天空飞翔也是因为这一因素吧。

滑雪运动在挪威被称为国民运动。小到一两岁的幼儿，大到六七十岁，甚至八十多岁的老人，就连挪威王室中八十多岁的国王，国王不到十岁的小孙子、小孙女每年都会频繁出现在滑雪场。

听朋友说挪威的滑雪运动早在两千多年前就开始了。在首都霍尔门科伦山滑雪跳台博物馆，展列着挪威2500年前左右石器和陶器时代的滑雪板，见证了滑雪运动源远流长的历史。

那个时期的挪威气候比现在还要寒冷。在冰天雪地之中，没有水果和蔬菜，人们为了生存，不得不去寻找食物，而冰雪却阻碍了他们。有一个当地人讲的小故事，解释了他们先祖是怎么发明滑雪板的。那时有一家人，每年冬天老父亲都出去找食物，厚厚的冰雪让他行走困难，眼看着可以维持生命的食物，因为冰雪不方便捕猎，用尽全力也总是空手而归。他想到以陷阱的形式套动物，但这个方法可能会让他和全家饿上几天。他还是出去寻找食物。有一天，在觅食中，他看到一头鹿，如看到宝物一样本想马上去追杀，却脚下一滑跌倒了。他跌倒在自己的大石器片上，当时处于下坡，他坐着身下的石器滑了下来，很轻松地追到了鹿。从此，石器滑雪板诞生了。这让挪威人能在冰雪中游刃有余地追赶动物，最终获取生命之食。

虽然现在滑雪早已不是用于维持生命的活动，但却成为挪威人的精神之食。

在挪威有许多滑雪学校和培训班，为不同年纪的人教授滑雪。挪威人的观念是孩子出生后还没学会走，但可以在滑雪板上练习滑雪。一周岁不到的小孩子，就被父母送去培训班。而天生喜欢玩的婴幼儿，似乎一接触上滑雪就喜欢上了这项运动。

世界上最高的滑雪跳台是在挪威奥斯陆的霍尔门科伦山滑雪跳台。它高84米，长126米，于2011年完成建造。在霍尔门科伦山滑雪台附近有两尊雕像，一尊是卡尔约汉雕像，他是挪威拿过三次冠军的总统；另一尊雕像则是丹麦的前国王奥拉夫五世，这位国王从王子时期就每年来此参赛。

现在，全世界的滑雪高手每年都会前来参加各种比赛。运动员们坐在跳台的最高点，当开始的旗帜示意时，运动员极速滑下，到达跳台尽头，腾空而起，在空中飞跃几十米，甚至上百米，然后落在积雪上。挪威国王几乎每次都会到现场观看，为选手精彩和专业的滑雪技术喝彩和鼓掌。

现在正是挪威的冬季，也是滑雪的最佳时期，挪威人带上滑雪器具，和家人一起去滑雪，享受着速度带来的激情，滑过一座又一座山峰，像是跃过起伏不定的人生，充满着对未知的忐忑和兴奋。滑雪这项活动也让挪威的冬天不再寒冷。

第二辑　回忆如月光　温暖心房

泪涌双眸时才知爱如此厚重

在我出国前，我和父亲的交流次数用双手都数得过来。我一直认为我俩之间永远隔着一道墙，根深蒂固地杵在心中。直到那年，我选择离开上海登上飞往北欧的飞机，这座墙塌了。

乘机前，父亲特意赶来。记忆中，这是父亲第一次送我。

父亲酗酒成性，母亲忍受不了父亲的酒后争吵与动手，在我不到三周岁时与父亲离婚。以前我一直把自己童年的不幸归咎于我的父亲。那时的他，因为做生意失败，受到打击一蹶不振，整天无所事事地喝酒，酒后便与母亲争吵，甚至是动手。对生活毫不在意的他，对我更是不闻不问。我曾想用重男轻女这个原因来原谅他对我的无视，甚至用想象自己是个私生女来解释他对我的冷漠。但这些对他和对我来说，都毫无帮助。

缺少了父爱和母爱的共同陪伴，我把自己性格上的内向、敏感和自卑都归咎于他，也认为原生家庭的伤害，永远是父母的错。这种伤害像一个影子，紧紧地跟着我。我同时也认为这是一道永远不能愈合的伤疤，会伴随我的一生。在无数个孤独的夜，我是多么渴望能与父亲谈谈，倾诉也好，询问也罢，甚至可以是质问。可是，那样的夜，只有我的自问自答。我变得更加敏感、自卑和悲观，甚至认为因为我的出身和家庭原因而导致得了一种心理疾病。这种我认为的“病”让我想逃离，认为离开就是解决问题的方法。我选择了离家很远的地方上学和工作，从东北到上海。在上海的几年，他没有主动给我打过一次电话，还是每逢过年过节和他生日时我主动去联系。简单的几句问候后，他就匆匆挂了电话。每次打完电话后，我都越来越不喜欢节日。

后来，我有一个机会要去国外工作和学习，便毫不犹豫地答应了。原因是他。我想这辈子我和他之间也许在我的离开后，虽有血缘在，但亲情就此断了。在临行前的一周，我才把这个消息告诉母亲。母亲当时由于身体状况不能送我，特意打电话让父亲送，而我却执意自己离开。

记得那天我一个人拉着二十公斤的行李到了火车站。候车时，远远地看见父亲提着一个行李包，气喘吁吁地跑过来。“你怎么来了？”我有些吃惊地问。父亲抹了一把额头上的汗水，笑了笑，说：“我来送你啊！”话刚落就抢过我的行李帮我提着。一路上，我几乎没怎么和他说话。

北京的机场永远是人来人往，每天上演着送别与迎接。我有些伤感，便转过头来，冲父亲冷冰冰地说：“你可以离开了。”他听了，依旧微笑说：“还早呢，你办好托运我再走。”然后就一直跟在后面拉着行李不说话。我找了一个安静的休息区坐下来，他站在那里好像孩子一样等着我的指示。我示意他坐下来，他选择了我对面的一个位置坐了下来。

我拿出背包里的一本书打发时间。过了一会儿，他小声问：“渴不渴？”“包里有水。”我头也不抬地回应。又过了一会儿，他又问：“饿不饿？”“不饿。”不知过了多久，我无意间扫了他一眼，他双手肘杵在大腿上，手托着头闭着眼，我以为他睡了，咳嗽了一下，他马上抬头坐直身子问我：“是不是感冒了？”我摇头，他又像泄了气的气球，肩马上放松下来。我感觉有些饿，和他说找个吃饭的地方，他说行，像个仆人，又拉起行李在我后边走着。

我点了一碗牛肉面，也给他点了一碗。面上来时，他从自己带的包里取出一小瓶白酒，要打开喝。看他拿酒我就反感，马上恶狠狠地和他说：“别在我面前喝酒！”他先是一怔，然后又小心翼翼地把还没拿上桌的酒放了回去，嘴上说着：“不喝，不喝。”我只顾着吃面，但一想到他刚才的举动，又回想起小时候因为喝酒他动手打母亲的情景，把我内心的情绪一下子点燃了。我控制不住，本能地放下筷子，把我的不满、我的愤恨、我的委屈，以及我离开的惆怅和对未知生活的忐忑全都发泄在他身上。他最初低头吃着碗里的面，脸涨得比他喝酒时还红，直到我越说越多，说着哭着，他抬头看着我，说着“别哭，别哭”，并试图拿手为我擦眼泪，我却用手挡了一下。

他嘴唇抖动着说：“爸爸老了，知道以前年轻时的做法不对，爸爸怎么才能弥补你呢？”“晚了，弥补不了了！”我几乎吼着说。他没有说话，坐在那儿，头好像快埋在面里，但豆大的眼泪滴滴砸在碗中。这是我第一次看到父亲在我面前哭，第一次看到他像个孩子一样，不知怎么为自己犯下的错误解释而哭。也许是血脉相连，也许真的是男儿有泪不轻弹，那一刻，我有种虽不能马上原谅他，但想听他解释的念头。但他没有解释，擦了擦泪，对我说：“爸爸以后不会让你伤心了，也不让你操心，你要好好地学习工作，爸爸也好好工作，不喝酒。等你回来，爸爸来接你。时间不早了，爸爸送你办托运。”

办好托运，我走到安检口，他好像要说什么，但没有说，只做了个打电话的手势，然后我看到他的泪瞬间涌出，头也不回地走到人流之中。我的喉咙像被卡住一样，说不出话，叫不出来，低着头走进安检口。

十个小时后，飞机终于落地挪威。我突然意识到，父亲到机场送我的时间很短，而他从老家辗转到机场却要近十个多小时，然后再承受着我的数落、怨言独自一人回去，那回家的路怕是更长……我掏出手机，拨通了父亲的电话，电话接通，却只叫出一声“爸”，泪水便已经决堤。

我和父亲

对于父亲，我曾感到又爱又恨。

父亲来挪威看我，回国时的行李箱中有我给他买的十几件新衣服，还有四双新鞋。我长这么大他却从来没给我买过一件衣服、一双鞋、一块糖。我带他自驾游，出海去钓鱼，去餐厅吃饭，去参观当地景点，他却从来没有带我做过这些事。

都说父爱如山，沉重也静默。父亲从来不表达他的情感，长这么大，离开家这么多年他从来没说过想我，爱就更不用提了。这些不是因为父亲重男轻女。我是独生女，父亲没说过喜欢我，但从来也没说过他喜欢儿子。我多多少少知道为什么他对我如此，因为从与母亲的争吵到最后的分开，他是非常怨恨的，而母亲也同样如此。

父母两个人是天生的冤家，直到现在提起对方都是句句愤之、恨之。我以前小，还不懂爱。直到我真正懂爱时才认为，分开也许对他们来说是最正确的选择，对我更是，虽然他们的分手对我的那种伤害，我这一辈子也愈合不了。

随着时间的流逝，年龄的增长，我对这些看得越来越淡了。不论夫妻还是恋人，两个人能在一起，就好好爱，不能，也不必诋毁与怨恨。我母亲总对我说一句话：“人的心要正，要善。做什么事不要坏了良心就好，哪怕自己受委屈。”

说起母亲，她也是个可怜的人。她十四岁时我姥爷去世，十八岁时我姥姥离世，她过着寄人篱下的生活，为了不给亲人添负担便匆忙与父亲成家。两个生活习惯、三观、人生理想都不符合的人在一起，注定会分开。

那天我给父亲打电话，电话刚接通，那边就传来他醉酒状态的乱语。我一听，除了无奈，也有了些伤悲。还没打招呼说再见，我就打算去厨房忙。但电话那头的一段聊天，从没挂断的电话中传来，我听完安静地挂上电话，顷刻间泪如雨下。

“是你女儿打来的电话吧！”有人问。

“对啊，除了她，没有人关心我啊。”父亲说。

“一听你喝酒，又生气了吧？天天喝酒，换谁的女儿也得生气。”那人接着说。

“我的女儿，怎么会真心和我生气呢？”父亲随后传来了一阵笑声。

“你也是的，得为女儿想想，你喝酒伤身体。伤了你的身，也是伤了她的心啊。和你女儿离这么远，你不想她吗？”那个人问道。

“想啊，就是因为想，才麻醉自己……”

因为在单亲家庭环境下长大，又是独生女，缺失的爱让我变得敏感，幼小的我在无数个夜固执地想父母选择分开，可能是因为父亲酗酒，不喜欢我和妈妈。我叛逆地认为远离他们，就可以远离痛苦。之后上大学和工作，我都选择离家千里之外，以为这样对他们的惩罚还不够，想着有一日还要再远一些。成家后，终于成为名副其实的外嫁女，和老公定居在北欧。随着年龄的增长，自己也为人母，终于体会到作为家长的幸福、艰辛与不易，也渐渐了解和明白亲情是无法割舍的。

我在大洋彼岸，世界的一角。而父亲是在我看见窗外远处的山，翻过去是海，海之外还是山，经过无数座山和无数片海之外的地方。每周两次的通话，成了我和父亲唯一的联系。

从亲属那里得知，父亲每天的生活就是在家喝酒，过着“酒仙”的生活。我也多次在给他打电话时听出他的醉意。每次我都直接挂上电话，心里不是滋味。想到他一个人生活的孤独，我有些内疚自己选择离他这么远。又想到他以酒为慰藉与陪伴，我又有些恨铁不成钢的无奈。

去年我回国探亲，在父亲的房间给他整理衣柜和书柜时，看到了我几年前给他买的历史书，他给包上了书皮，还装在袋子中，又发现了很多他剪下来的报纸和杂志页，上面全是有关我生活的国家的一些报道。甚至连欧洲天气预报的版面，他也剪了下来。我知道父亲不是整天无所事事，他在我看不到的地方，做着关心我的事，只是我不知道而已。

我擦干眼泪，给父亲拨去电话，我说：“爸，明天我陪你喝酒！”

我的不满与委屈，总会以语出伤人的方式来表现，而对象就是父亲和母亲。人啊，知道什么最伤人，但偏偏一时的冲动，就不计后果地明知故犯。也知道自己语重，但却死不承认，死不说道歉，事后又后悔，只能在其他事情上找平衡。

你也有顶撞父母时，认为他们不理解你，不懂你，甚至不爱你。做出叛逆的行为想激怒他们，让自己痛，也让他们痛，认为这样，才能伤到他们。无论你怎么去对父母，他们还是爱心不变，对你永远是最真的爱。

我曾是矛盾的，恨着父母的同时也爱着他们。现在，更多的是在想，如果我是当时的他们，我会怎么做？有些事，不是自己能左右的。这些年亲友离世，我又做了一个照顾老人、看着老人离世的工作，对生死又有了新认识。

父亲回国了，我答应他春节一定回国陪他过，也早已准备了旅游金，让他国庆后，再回他年轻时做生意的地方去看看。这一切不是因为我孝顺，是因为我想，短短几十年，最多百年的人生，为何不把恨转成爱，不怀恨的人会活得幸福与心安。我想要他幸福，我心安。

好好对你的父母。如果父母已不在，那就好好对你的爱人、兄弟姐妹、子女、朋友，还有你自己！

极光之忆

极光，被世界上无数人视为神秘又绮丽无比的景象。它是自然界中最漂亮的奇观之一。好像任何一个神秘景象都有一些传说，极光也不例外。

挪威的萨米人给我讲过一个传说，他们认为北极光来自于已逝者。人死后肉体化为尘土，但灵魂还在。他们因想念亲人，而不愿进入另一个世界。亲人可见却触摸不到，所以极光是他们在天空流下的眼泪，是他们痛苦的征兆。上天感动，把眼泪化为五彩缤纷之色，绮丽无比，而且每秒都在变化着，像是在天空演的一出光的舞蹈表演。而这场视觉的盛宴就是为了引起亲人的注意。

我在听这个传说前还没有见过极光。听完后急切地期盼着看到极光，因为我想那一定是我故去的亲人和朋友对我的一种思念。我认为爱是一种信仰，它可以跨越时间和空间而存在。虽然亲人和朋友已逝，但爱还在那里，从来不会因为离开而减少。

那年挪威的初冬很冷，早起后大地上结满了白白的一层冰霜，正午温暖的阳光也不能把它融化。那时的我在读语言学校，早出晚归除了学校就是家里，两点一线的生活虽平淡但也安稳。有一天有个重要考试，因为我的紧张导致凌晨四点就醒来，打算起来去书房看书，经过走廊时看到满窗透着微绿之光，还未见过此状的我凑近窗边向外看，这一看不要紧，我转身去房间抓起了一件衣服就往门外跑。

满天的绿色之光，笼罩着世间大地上，此时的夜不再是黑色，而是神奇的绿色。每一秒它都在舞动着、跳跃着。我想画家看到如此景象，一定忘记动笔，而被极光之景震撼。令人更加叹为观止的则是极光的色彩，绿色之后是淡淡的丝丝紫色，好像是不想给人单一的画面。

那一瞬间我被这神秘之光震撼。我屏住呼吸，心跳加速，也瞬间泪如雨下。我想到那个传说，如果极光就是已逝人的眼泪，我想那些已逝人肯定泪流成河。那一条条看不到边际的极光带就是那条河。

在这辽阔无垠的穹隆中，在这壮观、奇妙的自然景观中，人类显得那么渺小，又那么无奈。极光可见，不可触。如已去之人，可思，却留不住！都说看到流星时要许愿，当看到极光时我也在许愿，或者说是我在倾诉。我愿已去之人安心，我们仍在的人放心。

记得史铁生写过一篇关于他奶奶的文章，文章的题目叫《奶奶的星星》。

“夏夜，满天星斗。奶奶讲的故事与众不同，她不是说地上死一个人，天上就熄灭了一颗星星，而是说，地上死一个人，天上就又多了一颗星星。人死了，就变成一个星星。给走夜道儿的人照个亮儿……那时候我还不懂得问，是不是每个人死了都可以变成星星，都能给活着的人把路照亮。尽管我现在想起她讲的故事，知道那是神话，但到夏天的晚上，我却时常还像孩子那样，仰着脸，揣摸哪一颗星星是奶奶……我慢慢去想奶奶讲的那个神话，慢慢相信，每一个活过的人，都能给后人的路途上添些光亮，也许是一颗巨星，也许是一把火炬，也许只是一支含泪的烛光……”

我也清楚地知道，传说只是传说，但我还会对着极光倾诉对已逝人的思念，告诉他们：爱是我历久弥坚的信仰，离恨如春草，会更行更远还生！

冬的暖

这几日我因感冒在家休息，孩子也因感冒向学校请假在家，我们成了两个病友。这让我想起我小时候生病的事。

那年冬天，我和奶奶都得了感冒。我向学校请假在家休息。北风烟雪的晚饭后，奶奶在厨房洗碗，我在炕上躺着休息。我开始不断地咳嗽起来，全身感觉发热。奶奶听到我咳嗽，一下子蹿到我跟前，轻拍我的后背，然后又摸着我的额头，然后说我额头像火炉一样烫，要马上带我去诊所。话毕，奶奶马上拽了一件大棉袄往身上一穿就要背我出门。而我还没反应过来，奶奶就一把把我抱过来，又为我穿上衣服，抓起手电筒就出门了。

东北的冬天刺骨寒冷，也许是高烧的原因，我感觉不到冷。冰天雪地中，奶奶深一脚浅一脚地前行。可是没走多远，一个脚滑，她跌倒了。虽然是本能，但她跌下时却身子使劲儿往前倾。我一点事都没有，可她的脸却撞在了手电筒上。血从鼻子里流了出来，一滴一滴地绣在洁白的雪上，在手电筒光的照射下，越发鲜红。我吓得哭了起来。奶奶看着我说：“孙儿啊，你跌倒没？我看碰哪儿了？疼不疼？”她艰难地站了起来，抹了一把鼻子对我说：“别哭，冬末春初，大人爱上火，上火鼻子就爱出血，这个正常。别哭。”然后又接着赶路。

到了诊所，医生看到奶奶就问：“这是跌哪儿了啊？血都冻上了。”她笑笑说：“不是我，不是我，我孙女好像生病了，烧得厉害，先看她。我没事，就跌雪里了。”医生量了我的体温是三十九度五，打了一针退烧针后，又开了药。在回家的路上，我和奶奶说：“奶奶，我不想吃药，太苦了。”她说：“傻孩子，药得吃，要不你再生病，还得打针。不过，奶奶也帮你分担下苦，你忘了奶奶现在和你一样，是你的病友。”

两个病友，在深一脚浅一脚下，一起走向了回家的路。冬再冷，我也从来不会感到冷。

那个见证我青春的人

冉冉春光，穿过树间，我抬头，被树影斑斓照得睁不开眼，此时，最适合回忆和思念。好吧，索性我就“成全”了这场情境，主动把自己拉入一段回忆中。

那是升初一前暑假的一天，我感觉肚子不舒服，本来打算和小伙伴一起出去玩，换裤子时发现竟然有鲜红的血迹，我看了看裤子忙跑去卫生间。“奶奶！你快来！不好了，我尿血了！”我大声地呼喊着。奶奶闻讯跑过来，经过她的“检验”后，便对一脸惊慌的我微笑地说：“我的小雨现在是大姑娘了喽，再也不是奶奶的小宝宝喽！”又给我普及了一下生理知识。我因为此事经常被死党拿来取笑，说我也太晚熟和“无知”了。

由于父母的离异，我是奶奶一手拉扯大的。没有了父爱和母爱的共同呵护，奶奶的爱就是我的全部。

奶奶有六个儿子、两个女儿，所以孙子孙女满堂，但唯独对我宠爱。记得五六岁时我退牙，我哭着对奶奶说：“奶奶，我老了，我开始掉牙了。”因为以前吃东西我分给奶奶时，她总说自己老了，牙口不好了，吃不动。

奶奶笑着说：“傻孩子，你不是老了，你是慢慢长大喽！”“为什么要长大啊？”我不解地问。“长大，长大你就用不着奶奶啦。”

“啊？那我就不长大了。”我有点伤心地说。

上了初中后，有了生理课，老师讲的内容和奶奶以前告诉我的基本差不多。当时就在心里嘀咕着，我奶奶什么都懂啊。情窦初开的年纪，我有了自己的小心事。我不知道为什么总想多看几眼隔壁桌的男孩子，他的名字出现在了我的日记本中。

有一天我魂不守舍地捧着日记本发呆。“哟，我的宝宝长大啦，我的小孙女儿要给我找个孙女婿了吗？”不知道什么时候奶奶已站在我身后，还开玩笑地说。

“奶奶，你偷看我写的，我不和你好了。”我嘟囔着，有些生气，脸上出现了晚霞一样的红晕。

“胆子真小，这点可不像奶奶。去，写个纸条给他。”奶奶游说我去表白。“我就胆小，我才不去呢。”我拿起日记本就跑了出去，满天都是害羞的味道。

上大二的一天，我正在教室看书。我们班的辅导员开门进来，喊了我的名字让我出来一下。我出去就看到父亲站在门外，这是他第一次来学校。

“和我回家吧，奶奶不行了。”父亲的眼泪在眼眶里打转。

“什么不行了？”我不解地问。

“奶奶得了急病，走了。”

我推开父亲，跑了出去。

我坐在车上，没有说话，我已说不出话来。父亲说奶奶脑出血，从开始有症状到送去抢救不到两个小时就去世了。

那天的车是我人生中坐过最漫长的一次。

泪水模糊了我的眼，心如刀割的滋味终于体会到。“您还没看到我结婚生子！我还没好好孝敬您！您回来！别走！”我不停地喊叫……

有人叫我的名字。我被从回忆中拉了回来。朋友笑着说想什么那么出神，我笑笑说没什么，扭过头擦了擦还没有涌出的泪。

阳光洒在身后，微风拂面，有点暖也有点凉，如果奶奶在，她一定会将我的手焐热。

寄往天堂的一封信

写下这封信时，我泪眼婆娑。我控制着自己的情绪，但心还是缩成一团。

这封信的内容如下。

奶奶：

您现在一定安好！距上一次见面已有半年之久，甚是想念。自从上次见您之后，我把回忆锁进内心最深处，一遍遍地像播电影一样回放着细节。

我现在每天入睡前都在心中祈祷和默念：愿今夜相见，哪怕只相望而无言！

每每想到此时，我都无语泪千行。可是我没能如愿。人生啊！总是不让人轻而易举地如愿。唯有让思念与期盼化成文字。

我颤抖地拿着笔，泪水模糊了眼，打在本能让我雀跃的信上。因为我本想分享一些让我、让你都感到喜悦之事。但此时，冷了时光，好像要把您这一生的尘世都冰封住，定格在冷了的我的心上。

去年，我回国了，去看您。虽然这不是我第一次去，但每次我都感觉好陌生，因为虽然这是您的“家”，但没了您的笑声，没了您做的饭，就不是我记忆中的家。

我带来一大束花，是您喜欢的红色、白色和紫色。因为您说过您就是喜欢颜色艳丽的花，如生活，五颜六色，多姿多彩，虽然您过了一辈子平淡的黑白色生活。

不到二十岁，您就嫁给了爷爷。日出而作，日落而息。在这个纷扰和动荡的世界，和家人过着安稳的生活。孩子们都长大成人，成家生子，本想着过不再为孩子操劳的生活，没想到我父母在我不到三周岁时就离异，我从此和您生活在一起。

记得有一次，有一个小伙伴说我没有妈妈，我气得大哭，您当时在场，一把搂着我说：“没妈怎么了？没妈还有奶奶啊！奶奶就是半个妈！”

而在我的生活中，您既当妈又做爹，还是奶奶，把所有的爱都给了我。以至于我的伯伯、婶婶和堂姐堂哥们都认为您偏向，我夺走了您对他们所有人的爱。

我的敏感、善良和倔强从那时而有。我不是在怪您，如果您不给我爱，那时的我就是世界上没人爱的孩子了，就不会成为今天的我。是您，让我现在成为心怀感恩、内心一直有爱的人。

您总是安慰和鼓励我，您给我讲以前的苦日子，讲一些不公平的待遇与不可改变的现实。但您告诉我，人经历的一切都是宝，苦难更是。只要心中有爱，任何现在的苦，终有一天会变为甜。

在挪威的家，我养了许多盆花，院子里我也种满了鲜花，因为您最爱花。

我没有办法停止对您的思念。半年前，在梦中，在家乡的那条小河中，我光着脚丫，五六岁的样子，您在小河中清洗着我的衣服。我不时用手撩水往您身上溅，您一边洗衣服一边说：“这小丫头，在河中也不老实。你站住了，河水中的小石头滑着呢，别一会儿跌倒就哭着鼻子来找奶奶了。”我们哈哈的大笑声在甜美又幸福的梦中回荡。

您知道，我是多么不想梦醒，因为醒来后冰凉的泪流了一脸。

今天和老公带着孩子去看电影，看完后，孩子说：“下次奶奶也要和我们一起看电影吧。”

他想着他的奶奶，而我想到了您。我们没有一起在电影院看过电影。其实想和您一起做的事还有很多，很多。可是，只能我一个人去实现了。

现在夜已深，窗外纷纷扬扬的雪下了几个小时，如我们东北老家的雪一样，那么大，那么厚，那么白。雪停后，月光透出来，洒在大地上。

今夜，会梦到您吗?

虽然您不认识字，但在天堂，一定会有小天使帮我给您读这封信。

此时，月光散落在窗台，仰望那岑寂的夜空，最亮的一颗星一定是您注视我的目光。

安！这个世界曾最爱我的人!

安！这个世界我最爱的人!

您的孙女儿：小雨（这是您在我出生时给我起的小名）

2018 年 1 月 16 日 22 点于挪威

久不忘却是故人

十三年前的十二月十九号，我在冰冷的停尸房告别了这个世界上最爱我和我最爱的人。十三年的光景，足可以让一个人成长、成熟起来。但时间并不会让我忘却故人。

那个对我没有生育之恩、却有养育之恩的人，给我的不仅是衣食住行，还有暖暖的爱。当有些人推我朝人性恶的路上走时，是她用善感化了我。当有些人对我不信任和否定时，是她用坚韧的眼神给我力量。当我独自在黑夜里哭泣时，是她用温暖的手抹去我脸上的泪水，她的微笑是点亮黑夜的光，是我的人生之光。

我所有的自卑、敏感、沉默和冷漠，在她面前，就全无。在她面前我永远是一个自信、乐观、多言和热情的小女孩。

她这一世多艰，但仍寸心如水！这是个经历过“九一八事变”、受封建制度末端影响、裹了几周小脚的中国旧社会传统女人。可就在一次亲属问她子女婚姻的建议时，她竟然回答：“父母只有参与权，没有决定权！”只是这十二个字，就让我知道我没有爱错人。

可这个让人又爱又恨的世界还没来得及让我和她说再见，我们就永远不可见。被生活所困的人，不曾有半点放弃之意。只因她在我面前表现的乐观和从容，时间不会让我忘却故去的人，反而会越爱越深。

念故亲

枯叶随风飘屋顶，苍穹静谧少人声。

窗前雪落山溪白，独泣观灯直夜明。

我会变得越来越好！惜值我惜之人，爱我所爱和爱我之人！

没有血缘的家人

在写下这个题目时，我的手机微信响个不停，是他的信息。看过信息后，我抬头看太阳，刺眼的光让我本能地闭上了眼，但我的心能看见一切。他说：“姐，你要买的所有书，我都放购物车里了，你再看看，还有要买的吗？没有的话，我就下单了，等你爸去挪威，就都带去吧。”

他是了解我的，知道我爱书如命。女人都是天生的购物狂，对买书这件事，我是最好的例子。“可以了，够了。”我第一次在适时的时间做了决定。他打了一个笑脸后写着：“没事儿，你先看看吧。”是啊，还是他了解我，知道我可能不出几个小时，又改了主意。

我以前是多么不喜欢他对我的这种了解、这种懂得。因为一个把你看穿的人，是会让你又恨又爱。他于我，就是这样的人。

和他成为姐弟，是因为妈妈的再嫁，他是我后爸家的孩子。因为生日比我小，于是我成了他的姐姐。我本来就缺少父母共同的爱，单亲家庭环境下更让我的性格变得内向又敏感。记得第一次见他时，他主动和我打招呼，我却不怎么热情地回应。我妈常说：“你啊，就是几岁小孩子的脾气，做姐姐的没个姐姐样，反而弟弟像你的哥哥。”每次听到这句话，我都不以为然，心里觉得他要把我一个人应得到的母爱瓜分了。所以从一开始，我从心理上不接受他是我弟弟，我也不想成为他的姐姐。

记得刚上初中时，一个冬日，我们放学后回到家，看到妈妈写的纸条，因为亲属出了意外，他们不得不马上赶去，留下了几元钱让我们去超市买吃的。饥肠辘辘的我拿着钱就要去超市，他把我拦下来说：“姐，要不我做饭吧，那几元钱你买日记本，前几天你不是说需要日记本吗？”当时家里经济条件不好，我心仪了很久的日记本却没钱买。现在有了钱，我打算忍住饥饿感，为了那几元买日记本的钱。

那天，我看电视的工夫，他就把饭菜做好了，而且味道还不错。当时我吃了两碗米饭，对他的所做也很感动。因为我父母离婚时，我是被判给我爸爸的，所以大部分时间都是和爸爸还有爷爷奶奶一起住。只有周末才偶尔来妈妈家，而每次他都非常热情，对我也非常友好。之后当我上学和工作在异乡时，他也时常鼓励和支持我。我爸爸来挪威的两次签证，在国内需要的所有手续，都是他帮着办的，还特意请假帮忙。连我公众号送书，也是他在网上帮我订书寄给读者。

我有时给他留言，唠叨一大堆自以为是的观点和道理，他从来不反驳，有不同观点时他只说：“姐，我知道了，我会做好权衡。”去年我回国探亲一个月，我带他还有我的爸爸一起旅游。我们就像一家人一样，很幸福，很开心。我回国探亲，我后爸，就是他的爸爸，特地请年假回来一周多，给我做我最爱吃的红烧肉和排骨，还亲自给我包饺子。

我的原生家庭带给我许多伤和痛，但之后妈妈的重组家庭给了我太多的爱。我以前的伤有多深，我得到的爱就有多深，反而把我的伤全部掩盖，让我悲观的性格中开始出现乐观，让我缺失的爱，获得十倍百倍的补偿。

有人总说我命好，在这点上，我承认自己的确是。是我的家人给我带来的好命和好运气。他今天在一个有百万人关注的公众号上发表了第一篇公号文。在此之前，他只在简书上发了三篇文章，而第一篇文章就被收入简书首页了。再往前推，他只在上学时写过作文。

因为看到我开始写作，也因为我频繁地“唠叨”，我总把我的文章发给他，然后告诉他我可以写，他也可以的。这才让他开始动起手来写作。我给他建议，让他在简书上开始写，没想到发的第一篇就被收入简书首页了。之后他发过两篇，但阅读量很低。

他基本从来不做推广，自己写完文，从来不发朋友圈。甚至为了不让朋友知道他写文，还换了好几个笔名。他说只管闷头写，总会有读者主动喜欢的。他说他不喜欢主动地去推广自己的文章，感觉像是在商场出售自己的商品，吆喝着，就是为了引起别人的注意。这种感觉，他说目前他做不到。

有一天，我把一个公众号编辑的微信号发给他，我说你可以试一下。他先去关注这个公众号，然后看样文，看人家怎么安排写作结构，叙事语言怎么表达。距离他今天发文，他已经关注这家公众号近两个月，每天都读这个公众号的文章。

这一篇在发表前不是很顺利。他除了写文外，还要上网找图片和视频，还要注意不用侵权的图。修改了几个晚上后，他认为还算满意，发给了编辑。但因为太忙，编辑没有马上回复，他就在焦急和不安中等待。之后编辑和他联系，让他再改。他又改了一个晚上，再次发给编辑。但编辑告诉他，这篇还是要做修改，让他再改改，如果没找到突破点，可能就不采用了。他非常灰心，说已经写了七篇，这篇还是这样。他想暂停一段时间，但他说他不会放弃，在哪儿跌倒就在哪儿爬起来，势必要在这家发稿。我当时还一直开导他，让他别放弃。

第二天上午，他发来信息说修改后的稿编辑采纳了。对他来说，我认为这算是写作上对他的一个肯定。他获得 10 万的阅读量时，我感觉比我自己获得还要高兴。但同时，也感受到他的辛苦没有白费。他白天上班，回到住处后，一边吃饭一边码字，一直到深夜。早上 5 点就起来，还是看书和码字。这两个月的辛苦，我深知，也曾体会。

有苦共担，但有福他从来都想让我一个人来享受。没有血缘关系，但在亲情上给我的爱足以让我感动终生。

不失天真才是真的可爱

有很多人身在这个世界，但灵魂却游走在生活之外。

我对这句话非常认同。虽然艺术高于生活，但它始终是源于生活的。我一直崇拜的人是能看透生活，但又不为生活所累。人啊，谁可以轻松地俯视这浮华烟云？谁可以删繁就简地生活着？谁又可以真正地远离纸醉金迷？一定有人会。

当人们都在感叹甚至惊恐岁月带走了年轻的容颜时，这样的人却说更喜欢现在的自己。因为虽已生白发、皱纹，但内心仍丰盈自足。时光对她们来说是养分，让自己变得更美，更知性。她们是愿与岁月深爱的人。因为唯有这样，才照一身光芒。

清晨被鸟叫起，闻着窗下茉莉花和栀子花的香气开始了崭新的一天。为自己和家人做顿营养的早餐，并不为这柴米油盐而抱怨，反而爱上这烟火之气。

餐毕开始一天的工作。如果是休息日，约三五知己出游或单独旅行。在出门前无须化精致的妆，虽不素面朝天，但喷上清新淡雅的香水，涂上知性又不失庸俗的唇彩。

独坐室内时为自己泡上一壶茶，听一曲古风调的歌，让思绪重回那千年之前，与先人共吟诗作曲，沉醉在一片欢乐之中。悲伤时允许自己潸然泪下，不用克制情感的流露。记得悲伤只是情绪的一种表达，是再正常不过之事。泪流完，让自己重回到现实中，嘴角上扬时又是一个乐观之人。

总认为不是岁月让一个人变得成熟，而是一件件事。这些事直击内心深处，让心灵得以震撼，从此便有了淡然从容。

女人到老不失天真才是真的可爱。

那年，我只能借月光回忆

离春节还有三周的时间，很多人都在盼着回家过年，但又有多少和我一样的人，想回但却身不由己。

有人曾说：“父母在，人生尚有来处。父母去，人生只剩归途。”

我父母尚在，我却远在万里之外。我望着远处的山，想着翻过去是海，海之外还是山，经过无数座山和片片大海，就是父母所在的我的故乡。因为在单亲家庭环境下长大，又是独生女，缺失的爱让我变得敏感和孤独，幼小的我在无数个夜固执地想，父母选择离开，可能是因为不喜欢我。这让我更绝望，叛逆地认为远离他们，就可以远离痛苦。之后上大学和工作都选择离家千里之外，以为这样对他们的惩罚还不够，想着有一日还要再远一些。

成家后，终于成为名副其实的外嫁女，和老公定居在了北欧。随着年龄的增长，自己也为人母，终于体会到做母亲的幸福和艰辛，也渐渐了解和明白亲情是任何事都无法割舍的。

宋代大词人苏轼曾写过这样的诗句：“此心安处是吾乡。”

而我目前的状态让我半颗心在自己的小家，另外半颗惦记着故乡孤苦的父母。记得去年春节时，给父母打了一通电话。电话那头，父亲叫我别牵挂他，他一切都好。强忍着让自己颤抖的声音不被父亲发现，只嗯嗯地答应。放下电话情绪平复一会儿，又给母亲打去，她还是一如既往地先嘱咐一番，然后和父亲一样叫我别担心她，让我照顾好自己的家。泪水再一次模糊了我的脸，心再一次被扯得生疼……

还没过春节，但一想起那刻，当别人和父母都在阵阵爆竹声中欢天喜地，辞旧迎新，怀着愉悦和激动的心情对新一年憧憬和许愿时，我还要含泪再一次隔着万里，藏着思念，忍着心痛，说着自己听不清的话。而电话那头，父母可能也如我一样……

朋友小江，父亲在她不到五岁时就因病去世。母亲带着她们姐妹三人艰苦地生活。因为求学和工作，她从北方到了南方，自己和一个姐姐努力打拼着。为了挣更多的钱，她一个人打两份工，每天工作近十三个小时，到月末所得的工资一多半寄给在老家的母亲。

去年小江回家过春节时，老母亲把一包东西从柜子后面拿出来，满是老茧的双手一层层地打开，一叠厚厚的钱露出来。她说这是小江给她打的钱，她把钱取出来当面交给她，告诉她这是她的嫁妆，来年结婚时用。还说自己好无用，没有能力给女儿挣嫁妆钱。

小江说那个春节她哭了好久，但也是她感到最幸福的一个春节，因为是和母亲一起过的。

没想到春节后不久，正在工作的小江接到电话，母亲生病。她特地飞回老家，把母亲带回南方，安顿在离她和姐姐比较近的医院，然后一边上班，一边和姐姐轮流照顾母亲。

上天还是没有让老人多停留，三周后，小江母亲在小江和姐姐的陪伴中安然地闭上了眼睛。小江哭着说从此这个世界又多了一个没妈没爹的孩子。

昨天还在微信上她和聊天，我们话赶话说到春节，突然双方都沉默许久。

她给我回了一条信息：父母在，人生尚有来处。父母去，人生只剩归途。你有时间回去看看父母。别像我，归途无期……

表姐是一家医院的护士长，前几天告诉我今年春节她被安排值班。去年是在她父母家过的春节，所以今年她老公和孩子去她公婆家过年。她自己的父母只好老两口自己过春节。

我从表姐无奈的话语中，了解她的难处。她说她不能请假不去工作，她一请假，别人会替补她，这样就剥夺了别人和家人在一起过春节的机会。工作这么多年，她已经习惯了这种家人团聚时，正是她们工作最忙的状态。自己选择了这项工作，就会尽责到底。

和表姐一样，有许许多多在各个岗位辛苦工作的人，他们不能抽身回家，不能陪父母亲人过春节。

每年看春节联欢晚会时，主持人都会说："在此辞旧迎新之际，我们向全国各族人民，向港澳台同胞、海外侨胞，向全世界的中华儿女拜年，向仍然坚守在工作岗位上的朋友们恭贺新春！"

这几句说哭了多少有家不能回、有父母不能陪的人。

我们洗尽了过去一年的悲苦与辛酸，但最悲苦、最心酸的还是那句：不能陪伴家人，只能借月光回忆往昔。

世间最好的孝是陪伴

每一个清晨，在大街上，大家看到的都是车水马龙的忙碌景象。但总会有许多让人感动，让人在忙碌和喧嚣中心能静下来的景象。它在最平凡的世界演绎和诠释着最不平凡的孝。

看过一篇报道：一位53岁的朴实的四川男人，多年前和妻子来到成都打工，和他们一起来的还有他的老母亲。

他母亲今年92岁，每一天只要外出工作，他都会把母亲带着。他说，母亲在，我心安！

二十年前，为了养家糊口，他和妻子带着母亲，来到成都谋生。因为没学历，没手艺，夫妻俩找的工作是为商家跑腿送货。可七年前，母亲出现了行为上的怪异。他和妻子突然发现母亲说出的话语让人不理解，有时还自言自语，经常把东西放错地方，甚至她炒完菜忘记关煤气。

有一次，这位老母亲自己跑出去半天没回来，他和妻子找遍大街小巷，差点报警，最后在一个熟人的帮助下，在一个公交车站找到了老人。这之后，母亲的失忆和认知障碍越来越严重，生活也逐渐变得不能自理。

他和妻子带母亲去医院检查，经检查后确诊母亲患了阿尔茨海默症，也就是所谓的老年痴呆症。医生告诉他，这个病会一直伴随他的母亲，没有药可以治愈，而且如果让患有此病的人单独生活，是非常危险的。

陪伴，有人照顾，是最好的药物。

为了能够时刻照顾母亲，他们夫妇决定带着母亲一起送货。你陪我长大，我陪你到老。每天早上，他的妻子帮母亲梳洗完毕，给母亲穿上她最喜欢的衣服，然后把她"绑"在车后面。

为了让母亲能坐得舒服些，他用木板将后座加宽，上面还加上一层泡沫板和椅垫，骑车时用两根麻绳将母亲与自己紧紧系在一起。每次要开车前，他都嘱咐母亲一定要好好抱着他。而他从来不把车开快，即使晚送货，也以安全第一。他说，母亲只要一坐上车，双手就会紧紧地抱住他，脸庞也会轻轻地贴在他的后背上。

这让他想起小时候，母亲在田间劳作，把他绑在后背上的情景。他憨厚地笑着说，他现在也算是"背"着母亲劳作了。就这样，他每天上午八九点钟骑上摩托车，拉上 92 岁的老母亲穿梭在成都的大街小巷给商家送货。他说不管生活怎样艰难，照顾好母亲始终是他们做子女义不容辞的责任。作为普通人，我们就把普通人的生活过好，母亲晚年过得开心快乐就是全家人最大的心愿，我们辛苦点、累一点都值！陪伴她到老，她和我们就算是没有遗憾了。

在别人眼中的生活之苦，可他却甘之如饴。他的妻子也没有嫌弃婆婆，更为了不让周围的人嫌弃婆婆，她每天出门前，都将婆婆打扮一番。有时他笑着说，我这是去送货，你把妈弄得像过春节一样那么喜庆。老母亲最喜欢的是红色的外衣。以前家庭条件不好，一年只在春节时才能买新衣，母亲把钱都花在了子女身上。他和其他兄弟都穿着新衣，而母亲还是不舍得为自己添一件。现在，条件好一些，他和妻子也经常给母亲买新衣，而今换成他不舍得为自己买新衣了。每一张照片，母亲都是漂亮的衣服，而他始终是那一件格子衬衣。

风里来雨里去，他就这样带着母亲走过了成都的大街小巷。母亲始终在离他最近的地方。有几次是去一些高档写字楼里送货，保安不让进，他苦苦哀求并说清缘由，最后保安被感动，擦着眼泪给两个人开“绿色通道”，他牵着母亲的手，始终不离半步。时间长了，一起干活的朋友都知道了他的情况。有些时候送货实在是不方便，这些朋友便暂时替他照顾一会儿母亲。但有时老人总是待不住，想要走。这些朋友就说：“你不要走，你儿子一会儿就回来了。回来看不到你，他会伤心的！”她一听到这句话，就马上不走了，说等儿子回来。

失忆，不失爱。

“母亲患病了，很多人很多事都记不清楚了，但是，她一直都知道我是她的家人！”

是啊，纵使疾病摧毁身体，但不会磨化掉刻在心中的名字，驱散不走血液中的亲情。

有人提出要给他们捐款。他忙摇头拒绝。他说：“母亲从小就对我们说，有手有脚，就去劳动。有饭吃，有衣穿，有家住，就足够了。你们把钱捐给需要的人吧。”话毕，他看着母亲微笑着问：“是吧，妈？”母亲也微笑着回说：“是，你说得好，儿子。”他说：“我母亲现在需要的只是陪伴。母亲操劳辛苦了一辈子，老了，当然是我们这些做儿女的来照顾。没有什么能报答的，只有陪伴吧！”

子女像小草那样微弱的孝心，怎么能够报答得了像春晖普泽的慈母恩情呢?

唯有陪伴！陪伴是世间最好的孝。

十五年前的情书

渡边淳一郎曾说：“一封信有着胜过十通电话的温柔。”于是，他给我写下了青春的不安与美好。

我以为我最为固执与执拗，但十五年前遇到当时的他比我还要固执与执拗。

十五年前五月的一天，我从家乡坐火车返校。在火车上遇到一位上初三的男生。五岁年龄的差距让我本能地回避与拒绝，在劝说他好好学习后，我结束了只有半小时的车程，并下车告别。

无论从外貌还是性格，他都是我所喜欢的男孩子类型。但理智让我只能拒绝。其实心中一直在等，等他的学业有成，等他的永远和一定。在爱情面前，天真的女孩子就是相信这些字面上的温暖。

那些青春往事随风消散，如当时的誓言一样。那些信誓旦旦的诺言到头来也只不过是笔下的字，仅此而已。

我留下了自己的青春之证，不管美好与遗憾，我都不后悔。再读这封信时，是看开，是欣慰。

Alice：

我曾是最爱你的人，当我第一次见到你的时候，心里就有一种说不出的感觉，要怪就怪我们相遇得太美。你令我一见钟情，我无法控制我的感情，老是在心里不时地想你。你很可爱，很善良，很美丽，让我深深地爱上你。我也知道这是个无言的结局，我只能在心里痛恨我自己。

好了，不提那些伤心的往事，再说我眼泪就快下来了。我们现在已经是好朋友了，我只能痛苦着把爱情换友情。如果我再大几岁也许我们会在一起，我们的明天会更好。我们认识快一个月了，我会和你做永远的朋友，最好的朋友。我永远也不会忘记那天：2004年5月16日，星期日，早8：00。

我祝你有个好的未来，如果老天让我重新选择那天，我还是会那样做，与你同行。也许会更进一步了解你。认识你是我的荣幸。我不会后悔，我们是非常有缘的。我愿和你做永远的好朋友。我不会忘记你，我相信你也不会把我忘记。

我会牢牢记住你的话，努力学习，每当我无事可做的时候，好想给你打个电话，又怕你的同学误会。我们已经是最好的朋友了，我希望你有什么不开心的事和什么秘密对我都不要有什么保留。我还是希望你能给我一张你的照片和你家的电话。

我要向你道歉。因为给你的第一封信写得不好，太着急了。就在你上次对我说我们以后不要再通话了，我伤心地哭了一夜。我希望我们永远不会让对方伤心。我会做到，我相信你也一定会做到。

你上一封信里说你认识一名高中的男生，我没有明白什么意思，我想你在回信的时候告诉我。我想问问你，你在大学毕业后想去做什么工作。我知道你一定有一个好的梦想。

我好想把字写得漂亮些，可没有办法，写得太乱了。我也想用英语给你回封信，可英语又太差了。我答应你将来一定用英语给你写封完整的信。

好了，我必须停笔了，因为已经23：00了，再见。

祝：天天快乐

2004年5月30日夜

那个少年就这样在我的青春中留下一些印记。这些印记是我回忆青春的见证。十五年，改变的太多。

想起日本的一部电影《情书》。他和那个男主角一样，早已随时光的洪流不知去向，但他一定不是十五年前的他了。

感谢你曾经来过

我没有宗教信仰，但有些宗教理念我一直深信，比如那句：“因上努力，果上随缘！”

我努力了，我也随缘了。

这世间所有一切的相遇都是偶然的必然。离开，也一样。生死离别是最能让人大喜大悲的事。而看过太多生死的我，本以为可以平静面对生死，但我再一次高估了自己对感情的控制。而感情用事是一种很难控制的行为。这种不受主观所控制的情绪很容易让一个人走入死角与黑暗。当我再一次面对死亡后的情绪控制，还是出乎自己的意料。

在我暂停工作三十天后，再重新开始工作时，她已进入生命最后的时日。同事和我说，她清醒时总问：“怎么没看到米？她去哪儿了？什么时候回来？”我如今归来，她却不认识我了。

我记得三月十日晚上那天进入她的房间。她空洞的眼神中目光直视的永远是远方。她说她好渴，我喂了她水喝。她双手举起说要起来，要走走。可是她去年已经截肢了一条腿，而另外一条腿早在十年前就已经瘫痪了。然后，她嘴里说些根本不存在的人和事，比如念起她妈妈，说她女儿。可是她自己已经 98 岁了，她母亲早去世几十年了。她也没有女儿，只有一个儿子。

我实在看不下去，控制不住自己的情绪，跑到卫生间默默地哭。稍微缓和并控制一下情绪后我回房间。她冲我笑，我上去抱着她说："我爱你！"

三月十二日，她离世。我一直把她当成我的亲人，当我的奶奶看待。如果我奶奶活着，也是她这个年纪。我忘不了她告诉我："你好年轻，要享受生活啊！"

我忘不了只有我能把她的假牙给戴上，她信服于我的照顾。去年开始她给了我几个她的老物件，但工作规定不允许私自接受病人的所赠，必须上报，还要考证是否是贵重、有一定经济价值的物品。最后在她儿子和单位领导的同意下，认为这些我可以收下。她那时说："我以后不在了，但你看到这些物件时可以想到我。"我当时只笑笑说"谢谢"。

我是一个不会表达自己真实情感的人。明明爱，非得否认。明明感激，非得表现得不在乎。因为我一直错误坚信《人间失格》中的一句话："无论对谁太过热情，就增加了不被珍惜的概率。"无论在网上，还是现实中，我很少主动去热聊。我怎么能不记得她，她不知道即便没有这些她给我的物件，我也会记得她。

今天我又想起她，心情低落到极点。本想找朋友寻求安慰，没想到自己又口是心非，反而安慰起朋友来。这就像一个得癌症的人去安慰只患了感冒的人。为此，我并没有什么怨言，自己的每个想掩盖悲伤的笑，其实都像刀一样划在自己的心上。

太宰治曾在《人间失格》写道："我仍然认为向人诉苦不过是徒劳，与其如此，不如默默承受。"那我就自己承受吧。一个人就这样离开这个世界了。

谢谢你曾经来过，谢谢你等我回来见最后一面。死亡，又能把谁分开呢？对于这个恶魔，我是如何都不会妥协的。是啊。我们每个人都要如她所说一样：享受生活！“死亡这件事，生前不曾回避它，死后更不必美化它！”我们只是来来往往，曾经活过。唯一的区别，只是时间。

克努特夫妇

第一次见到克努特夫妇是在八年前的一月二日晚。那是我第一次随我先生来他家。

下车时，我先生远远地和正在扫雪的克努特打招呼，并告诉我他住对面，是我们的邻居。那时只是一面之缘，但对这个长得很慈祥的老人有很深的亲切感。

或许是因为从小和奶奶一起生活的缘故，我对所有老人都有种与生俱来的家人感。虽然是这样，但和他们来往得并不多。

在现实生活中，我是一个少言寡语的人。当时来挪威只会英语，很多挪威人虽然会说英语，但他们不太喜欢用英语沟通。我空闲时间就在家弄弄我的花花草草。

那年，给邻居们送了我从国内带来的剪纸画作为圣诞节礼物。当天，就收到一份感谢卡，是克努特的妻子奥斯崔德写的。感谢卡上说非常感谢我送的礼物，他们非常喜欢，希望我能有时间过去坐坐。随卡她送了我几盒巧克力。

在我怀孕期间，奥斯崔德送来了几套崭新的婴儿被罩和几件婴儿新衣。但她还没把这些送到我手中时，就和我这样说：“这些是本打算送给我孙辈的，但他还没有出生，就因为疾病问题在他母亲腹中死去。如果你介意可以直接和我说。”我回她：“谢谢你！我的孩子一定也会和我一样喜欢这些礼物的。”

我知道她曾心中满是痛，但此时应该满是爱。几个月后，我儿子出生，穿着她送的衣服，我看到她满脸的笑。

在之后的每年圣诞节和我儿子生日时，她都会为我家孩子准备礼物。挪威人喜欢花。如果你去拜访一个朋友想送礼物，那么花是不失礼的一个好选择。夏天花园中亲手种的花，冬天在花店买的花，我都不时地送给她。每一次我都能感到她真正的开心。

在去年她的葬礼上，我也送了花，但那一次我再也看不到她脸上的笑了。奥斯崔德去世后，她的丈夫克努特把房子售出，自己搬到了小公寓中独自生活。每次我去墓地给我公公墓前送花，都能看到克努特在奥斯崔德墓前。

克努特本是我先生姥姥妹妹的丈夫，也就是姨姥爷。姨姥去世后，他另成家，新的妻子就是奥斯崔德。而奥斯崔德一生无儿无女，她以前口中的孙辈是克努特的子孙。

在我们回中国前一天遇到了克努特。我还说等从中国回来后去他家里看望他。他整天说中国是强国，说这一生没去中国是他的遗憾，他等着我们回来。可谁知，当我们回来时，他已不在了。

我和他们夫妻两人没有一起经历过什么难忘的事，没有发生过令人痛彻心扉或者是感人至深的故事，一切都是平常小事。而正是这些平常小事才让我更明白这就是生活。生活就是由这些平常小事组成，虽经历不难忘，但人却难忘。

我们这一生，会遇到很多人，这些人在我们生命的长河中来来去去。彼时，不曾特别关注，而此时，连想再见一面的机会也没有办法实现了。

有些人，一别就是一生啊！

待满园花海时，我还会摘一些花，送给克努特夫妻。我知道，他们喜欢花，他们喜欢我就如我喜欢他们一样。

第三辑　笑醒在阳光深处

爱生活，从热爱我们的爱好开始

我爱写文，爱花，爱摄影，可以说这三样是我此生的爱好。让文字作舟，花朵为伴，拿着相机，渡到我人生的幸福彼岸。

与文字的结缘，在当时应该说是被强迫而写。这源于我在小学时造的句子被老师狠批。自尊心很强的我，擦干眼泪在心里告诉自己，一定要努力提高自己的造句能力。从那以后，阅读，记笔记，背好句子和好文章，就是我做完学校作业后自己给自己留的作业。功夫不负有心人，我的造句和文章不但受到了老师的肯定和表扬，还经常被老师当作范文在班级中阅读。而我也由自我强迫转而慢慢喜欢上写作了。

虽然中间有过停笔，但我知道自己与写作一直都未曾离开彼此。在这几年没有输出的情况下，我把输出转为输入，每个星期都在读书。虽然我读的书很杂，包括小说、散文、游记、自传，等等。好像所有文学文体都在我的阅读范围内。最近几年兴起的公号文，我也关注了很多，每天空闲时间都会进行阅读。

时间是一个见证者，也是一个鉴定师。见证了开始和经过，放弃和坚持；鉴定了真心和虚伪，优质与平凡。我以前写过：“写作，是与自己心灵的晤谈。”我一次次地与自己晤谈，每次都恍然大悟。

我们，微尘中的一光，心向大地，本可照亮鸿蒙，岂知大地不休恋逝水。既为凡尘俗子，就做俗事，免得“落俗”。不懂，不解，悟心死。对于我的文章，读者有的肯定，有的否定。留下来的人，我认为是以前愿意听我字中故事，以后也期待和憧憬我写的故事。走的人，不想做故事中的人，也不想听故事。

女人爱花，好像是天经地义之事。女人也如花。我爱花，我自己种花，也经常自己给自己买花。

春天，是新生的季节。我把花种子种到土壤之中，每天细心照料，像孩子看到糖果时一样的心情，发自内心地高兴。人都把白色的花，当成纯洁的象征，如茉莉、白玉兰，等等，红色的花代表着艳丽和高贵，而我喜欢不同颜色、不同种类的花。

有诗言，“只道花无十日红，此花无日不春风”。这是对月季最好的阐释。有人会认为它过于娇艳，而显得俗气，但我喜欢月季，喜欢它的百花争艳，在傲雪凌寒的冬日它也可以娇开不败。而它的花语是：等待有希望的希望，这也是对人生的一种诠释。人生因为有了希望，才会有动力，有努力和奋斗的力量。希望永远是黑暗中最前方闪耀着的光，让我们即使踏上荆棘，也不会因为疼痛而中止前进的步伐。

还有我经常买的满天星花。它的花语是：甘愿做配角的爱。隐忍不张扬，却执着的爱。其实，人生又何尝不是一部部流着泪但却微笑的电影。我们可能多次想做主角，但命运和现实又不得不让我们只能做配角。时间久了，就变得习以为常了，索性就做个配角，甘愿对心爱的人隐忍不张扬，但内心充满执着的爱。而最终获得电影大奖的主角们最应该感谢的永远是他们身边的那些配角。

说起摄影，现在已经进入全民摄影的时代。小到幼儿，大到古稀老人，只要有个手机，就可以做个摄影爱好者。而真正热爱摄影的人，是通过摄影来向人们阐述语言不可诠释的美。那些一张张经过岁月洗礼，隔着山河故人，虽然隔着无法逾越的时间、人、空间，但仍可近距离通过相片在想象中去了解。一张张相片，就是一段段人生，更是一幕幕历史的重现。

总想寻求一处静地，一抹阳光下安放身心，在流淌的时光中休眠，安安静静地回忆过往的琐事，也享受睁着眼的美梦。

文字，花，摄影，给了我力量，更是我热爱生活的体现。如果你要热爱生活，可以从热爱一个或者多个爱好开始。当你老时，再回忆生命中的美好时光，会感谢这些爱好带给你生命中不可磨灭的印记。

尘世，我们是一群孤独者

人是群居者，只要是群居者就不存在孤独。我以前不是很赞同这句话，也想用事例去证明。

出生时，有爱着我们的父母，怎么会孤独？童年时，有纯真的玩伴，怎么会孤独？上学时，有一起努力的同学，怎么会孤独？成年时，有相爱的恋人，怎么会孤独？然后，生命又是一番“昨日重现”。我们自己有了爱情的结晶，这些结晶又复制着我们的人生。生命周而复始地延续着，这些都证明了我们不是孤独者。

什么是真正的孤独？贾平凹在《孤独的走向未来》一文中曾写道：“孤独不是受到了冷落和遗弃，而是无知已，不被理解。真正的孤独者不言孤独。”

当你在公司提出一个新方案，老板否定，同事不支持。这时，你有没有感到孤独？当你在聊天群，侃侃而谈一件事时，没有人接话，甚至有人故意转移话题，把你想继续聊的话题就此打住。这时，你有没有感到孤独？当你提议聚会的地点和餐厅时，有人不是说地理位置不好，就是说餐厅不合适。这时，你是否会感到一丝丝的孤独？

当你告诉大家你喜欢的人是谁时，大家都质疑你的品位，甚至有人和你讨论你喜欢之人的负面事件。这时，你有没有感到孤独？

当你把人生理想公之于众时，换来的却是一片嘘声。这种嘘声让你感到怕，让你怀疑自己，甚至想重新审视自己，审视自己的那个理想。这时，你是不是感到孤独？

有人说，这些无非就是敏感的人遇到了敏感的事而已。换一个心大的人，这些全不是事，也就没有孤独一说。这种说法我倒是赞同。但被否定，不被理解，不被认同，这一切一切，的确就是导致你感到孤独的原因。

我们每个人都不完美，其实我就是在自我肯定和否定中矛盾地生活着。可能你会说，那样多累啊？不，这回我要否定你。世间任何人和事物都有矛盾性。我曾泪流满面地问自己：你到底是一个孤独的人吗？

我有家人，我爱的朋友也爱着我。不是说孤独就是被否定和不被理解吗？那我就不是一个孤独的人。

“走向孤独的人，难以接受怜悯和同情。”对，我们不要怜悯，也不要同情。你，我，他，要的是懂得与理解。我们，就这样等待着，期盼着，那一个，或者更多个另一个自己。于我，突然间，让我泪流满面的事又发生了，因为我，幸运地碰到了一个又一个懂我的人。生命的路上，一个个灵魂相似的人聚集在一起，就是一场场灵魂的碰撞。

愿我在这场灵魂的盛宴中，遇到你！

人生这条路，哪一个人不是负重前行

那年，五一假期结束。我们回到工作岗位上，午休时新来的几个同事闲谈着小长假的游玩经历。

老王在角落里默默地听着同事们的交谈，说到幽默点时他也附和地随着同事们笑几声。但那笑声中有一种不能言说的伤。老王快50岁了，过几年就可以退休了。但就像他自己说的，他会活到老，工作到老，因为他有一个需要他照顾一辈子的孩子。孩子有先天性生理疾病，除了生活不能自理外，连语言功能也没有。老王的老伴几乎一天二十四小时陪在儿子身边，全家人只靠老王的工资养活。老王以前工资不算高，但领导知道他的情况后，破格给他提升职位，增加薪水。老王特别感激领导，工作比以前更加卖力，他说这是为了不辜负领导的一片好心和厚爱。

领导时常找老王谈话，告诉老王不要把好意当作负担，工作尽力就可以，照顾好自己才能照顾好家人。

老王说："我没有把这当负担，就像好多人认为孩子就是我的负担，说我负担重。但我不认为是负担，我认为这是责任。"正因为有了这份责任，才让老王积极去工作。不辜负领导，更不辜负作为一位父亲的使命。

吃过晚饭后，朋友小江打电话过来诉苦，电话中说她和她老公吵了一架。原因是她用她生日时自己母亲给的红包，给老公订购了一套老公心仪已久的写字桌。照理说，这算是份好心好意，更是爱的体现，换成别人可能高兴还来不及，怎么就吵了起来呢？写字桌近两千元，不算很昂贵，但对于这对刚结婚不到一年的小夫妻来说，算是一笔不小的开销。

两个人的工资除了每个月固定还房子贷款外，还有生活开销，最重要的是两个人在备孕阶段。只要小江一怀孕，就是各种用钱。孩子出生后，那更是处处得用到钱。小江说不能以这些作为责怪她的理由。哪家不是买房还贷，有孩要养。再说她买东西也不是为自己，是看老公每天回家缩在角落中辛苦加班，心疼，是为爱而添物。

小江没有错，小江的老公同样也是。两个人在奋斗的过程中，因为生活的一些重担，间接导致了两个人的矛盾。事后，在我的劝说下小江把写字桌退了。两个人互相理解，携手继续为生活而奋斗着。

这更让我想起了欧·亨利的经典小说《麦琪的礼物》。小说讲述了一对穷困的年轻夫妇忍痛割爱互赠圣诞礼物的故事。男主人公吉姆是一位薪金仅够维持生活的小职员，女主人公德拉是一位贤惠善良的主妇。

他们的生活贫穷，但吉姆和德拉各自拥有一样极珍贵的宝物。吉姆有祖传的一块金表，德拉有一头美丽的瀑布般的秀发。为了能在圣诞节送给对方一件礼物，吉姆卖掉了他的金表为德拉买了一套“纯玳瑁做的，边上镶着珠宝”的梳子；德拉卖掉了自己的长发为吉姆买了一条白金表链。他们都为对方舍弃了自己最宝贵的东西，生活哪怕全是重担，只要携手共进，也会在爱中看到彼此存在的价值。

和亲属在微信上聊天，说她最近为孩子发愁。她家孩子正忙着备战高考，压力大，日渐消瘦，还大把大把地掉头发。孩子在重点高中上学，从小就是那种大家说的别人家的孩子。亲属说，孩子懂事，知道家庭条件不好，从小就和父母说要上重点初中、重点高中，考上重点大学，为父母争光，也想用知识改变命运。都说穷人家的孩子早当家，小小年纪就在心中和肩上给自己担上了重任。父母虽说希望孩子能有出人头地的一天，但任何父母都是把孩子的健康放在第一位的。

米兰·昆德拉说：“一切重压与负担，人都可以承受，它会使人坦荡而充实地活着，而最不能承受的恰恰是轻松。”这正好印证了他的《不能承受的生命之轻》。

人生这条路上，其实每个人都肩负着重任，来自家庭、工作，还有社会。这一切，不是压力，因为在看似压力的外表下，内藏着的是一份份爱。成年人，没有一个人是轻轻松松地过生活。正是这些心上和肩上的负担，才能激发我们的潜力，让压力变动力。

让我们都在人生的这条道路上，装满爱，负重前行，到达成功和幸福的彼岸。

一滴水的海

当心是一滴水的时候，它就作为一滴水而活着，一旦它滴入大海，它便成了海。

——布莱兹·帕斯卡尔

一个再平常不过的一天，我决定去看看海。

见到他时，他正在床上躺着。眼神中的呆滞，让我知道那是绝望后的正常反应，但我更情愿那只是因为缺少睡眠的原因。他没有沉默，反而说了很多话。他说那天，在太阳还没升起时，他决定去做一件事。可这一路，他遇到了很多人。当这些人知道他想做的事后哈哈大笑，为了附和，他自己也跟着大笑。他说能想象自己大笑时张开的口腔，就如刚刚升起的太阳——“满腔热血”。可现在他不想看到太阳，他想看到大海。

我问他，一滴水放进大海里，它还是一滴水吗？他没有回答我，却给我说起大海。他说在那天看到了最亮的光，体会到了最凉的感觉。在层层薄雾中，像是有什么东西在蠢蠢欲动。薄雾在慢慢消散，它们逐渐上升和云聚在一起，飘向未知的远方。不一会儿，一个金红色的圆边露出来，慢慢升腾，好像被什么东西拽着，只能慢慢出现。终于，脱离拴在身的负重跳了出来。一道刺眼的光芒便喷射出来，向四周，向他的眼里。

与此同时，海水也不安分地动起来，有了波浪。

他兴奋得把脚浸在海水中。当冰冷的感觉传送到大脑和全身时，他打了一个冷战，脚本能地抽了出来。

耳边传来的除了海浪声，他什么也听不到。他情愿与大海一体，当全身都浸在海水中时，也许这种冷会慢慢消失。他对我说："一滴水，放进大海里，它就不是一滴水了。一滴水不会让人感觉如此之冷，不会让人退缩。"

我想说什么，可他转了一个身，背对着我说："一个人，在一群人里，就是众生。我与众生本是一体。"

将他从冰冷的黑暗中重新拉回这个世界的不是我，是他自己。也或许他从没在黑暗中过。

生命的态度

有人说除了生死都是小事。但我认为，世间除了生死，都是大事。“死是一件不必急于求成的事，是一件无论怎样耽搁也不会错过了的事，是一个必然会降临的节日。”这是史铁生在《我与地坛》中的文字。有一回记者问到他的职业。他说生病，业余写一点东西。

史铁生 21 岁时双腿瘫痪，后来又患肾病并发展到尿毒症，他就在此病未去彼病又来中维持着生命。但他不避讳死亡，更不畏惧。他认为生的意义总是大过死，因为没有生何来死。生先于死而存在，所以生比死更有意义。

有人说，史铁生是一个生命的奇迹，他在漫长的病痛生涯里顽强地活着。他在作品中毫不忌讳地大谈生死。他不逃避生死，而是更关注生死，想通过自己的文字引导读者去探索生命的意义。

一个人对生命的态度，证明了他对生活的态度。哲学家黑格尔说，“存在即意义，存在即合理”。一切事物有其存在的“合理性”。生死更是如此。它们是合乎理性的，也就是必然会出现的，是现实的。生的根本意义就是活着，活着的意义就是创造意义。只要生下来了，就存在意义。而往往我们大多数人都不愿意接受现实，接受了生，却不接受死。

曾经有一档纪录节目，是关于急诊室的故事。某急诊部每年有数百万病人因为各种意外匆匆赶来就诊。每一个进来的人都想好好地出去，但生与死激战的边缘，有人出去，有人却永远地离开了。其中一期节目中，被送进急诊室的是一位年纪刚过六十的老人，陪同他来的是他的外孙。老人因跌倒失去意识而被送进来，可当医生在急救十分钟后，告知老人的外孙人已死亡时，男孩呆滞的眼神和震惊的表情让人心痛。“怎么可能，他刚才好好的，还和我说话来着。我怎么办？”男孩子始终不愿相信医生的话。

生活有时就是这么残酷，上一分钟还与你有说有笑的人，也许下一分钟就与你天地相隔。比说再见更痛的是，还没来得及告别就离开。在面对很多人生选择时，人们都很犹豫、纠结，但越是生死关头，越没得选择。就像我们没法选择生在哪儿，谁是我们的父母，无法选择亲人什么时候离去。我们唯一能够选择的是在自己有能力、有意识的时候，好好去爱，好好珍惜活着的每一秒。

而另外一期被送进急诊的中年男人，从死神身边经过又归来后用最普通、最感人的话说：“活着真好！活着比什么都重要！我愿意活着过一地鸡毛的生活，连和爱人吵架都是幸福的事。”

这让人想到一部电影《夏洛特烦恼》。

影片中一个片段是，当夏洛受伤从病床上苏醒时，他意识到自己真的穿越了时空。既然有机会重新来过，那不如好好折腾一回。而当得知自己得了绝症，又发现那只是一个梦时，他回到现实后开始珍惜生活，重爱曾和自己天天吵架的妻子。

当我们带着对生命的敬意与爱意，真正读懂生死时，也就读懂了生命和生活的意义。

在《奇葩说》中，马东曾说：“如何面对生死这件事，是我们汉文化缺失的一课。”然而作为一名从事临终关怀的工作者，我越来越深刻地感受到：越勇敢的人，越不怕生活的虐待；越乐观的人，越敢正视死亡。

一位得知自己患癌症命不久矣的人，面对病痛的折磨，表现出来的不是静等死亡的来临，而是拿起手中的毛线亲手给孙儿做最后一件礼物。她还乐观地说：“生活其实并没有亏欠于我，因为我在有限的生命里，还可以做些力所能及爱家人的事。看到或经历痛苦，才会去竭尽全力拥抱当下的光明，才知道生与死之间的过程才是最有意义的！”

每个人都是一本书，出生是封面，死亡是封底。而人这一生的经历才是书真正的内容和精华所在。

真正懂得生活的人经历越多，越旷达；越是年老，越不畏惧死亡；苦难越深，越乐观。不会因为某件事而想不开，甚至轻生，而会因为某件事、某个人认真地活着。珍惜生命，过好当下。世间除了生死，都是大事。

不见的灵魂

不见

我无处不在的疯狂自言自语
只是想证明
看，有着一弯明月的海上
那是能照见我的灵魂的地方

嘲笑声从四面八方而来
谁在乎你的灵魂
可它，就在那
他们却选择视而不见

那天，我去了海边，打算去见我的灵魂。那天，太阳刚刚升起。我一路走来，遇到了很多人。他们问我去哪儿，去做什么，或者我主动告诉他们我要去哪儿，去做什么。这些人听完我说去海边见我的灵魂后哈哈大笑，为了附和，我也跟着大笑。我能想象自己大笑时张开的口腔，就如刚刚升起的太阳——“满腔热血”。

阴云从天边来，从他们口中来。“谁在乎你的灵魂，灵魂长什么样？”从太阳升起到日落，他们就这样和我说。我也就这样听着这句话走着。

为了见我的灵魂，我走得很快，用尽了全身的力气，因为我想证明灵魂就在那儿，就在海上，就在明月之下。

在到达海边之前，还有同行的人，数得过来的几个。在我遇到的那些陌生人大笑时，同行的人只是微笑，后来变为双手掐着我的肩膀，眼中满是泪水。我看到了无奈、伤心，还有同情。我劝他们离开，我要见我的灵魂，见不到我不会停下来。他们心疼地问我难道那个东西就那么重要吗？我笑笑指着海那边说：“弗朗西斯·克里克说，灵魂不存在于宗教，不存在于哲学，也不存在于心理学，它就生存于神经细胞中，存在于你的生命之中。换句话说，也就是你的快乐和你的痛苦，你的记忆和你的雄心，你的个人身份和自由意愿的感受，不过是一大群神经细胞及其相关分子的群体行为。”

他们这回失望地说：“孩子，你知道这么多，为什么不知道灵魂就在你身上，为何还要去找海？”

说完，他们的背影渐渐消失在月光中。我想告诉他们，布莱兹·帕斯卡尔说过，当心是一滴水的时候，它就作为一滴水而活着，一旦它滴入大海，它便成了海。

海是世界的本源之始，海是生命，是成功，是爱人，也是我们自己。我们只是在找自己，见到海，就见到了自己，见到了灵魂，可很多人都视而不见。

写作，是与自己心灵的晤谈

窗外秋雨绵绵，我在室内手捧一杯清茶凝视着窗外。云雾缭绕在湖泊之上，淡淡的，朦胧的，把我拉入了一个梦境中。最开始接触写作是在上小学时。当时，老师开始让我们练习造句。因为父母离异，我变得性格内向，上课时不爱举手发言，每次都是老师主动叫我的名字，我才慢慢地站起来回答问题。

记不清是用哪个词让我造句子了，只记得说完后老师说了一句至今都让我记忆深刻的话，她说："驴唇不对马嘴！"然后同学们哄堂大笑。我坐下后，眼泪如断线的珠子般掉落下来。

回家后，我又痛哭了一场，并下定决心一定要好好造句。我去书店买了作文书，反复阅读并试着背下来。后来，每次作文课我都在期盼着老师叫我的名字，在等了几周后终于叫我了，我回答完后老师露出了满意的笑容，并让大家向我学习。

内向的我一下脸红了，但内心泛着高兴的涟漪。之后的作文课，老师大多第一个叫我起来把自己的作文当作范文读给大家。这件事让我内向的性格多少有所改变，敢主动举手提问和回答问题，敢课下主动和同学讨论。

我把我的这一切都写在了日记中。那个日记本见证着我写作的开端和成长的最初岁月。

随着父母离婚又复婚的分分合合，我变成了一个总有心事的孩子。没有人诉说时，我把自己想说的话，想发泄的情绪都变成文字写了下来。

我多次放下笔，试着让自己不要激动，因为情绪会影响行为。内心孤独的人，如果不把这份孤独感与人分享，会导致情感的极端爆发。我调整好心态，重新握笔，想真正与自己谈话、交心。与自己谈话，我可以畅所欲言，那些在心底被岁月尘封的话语，那种难以启齿的伤痛，我有勇气再一次提及。我一次次地与自己对话，这种畅谈我称为心灵上的晤谈。

我安慰自己：世界上不只我一人是单亲家庭长大的孩子，那缺失的爱，上天总会换个方式弥补回来。

我告诉自己：自己不是那种美得惊艳了流年的女子，得不到灿若星辰的男子的爱也没关系，但要做就做一个精美如古瓷、素朴如青竹的女子，终会遇到自己的幸福。

我督促自己：人的奴性是与生俱来的，但自律会让自己不去做个“伸手党”。

我鼓励自己：不要逃避困难，或许那是一种无言的挑战，成功要看你的坚持。

杯中的清茶突然洒了，我从回忆中被拉了回来。雨很小了，最远处的天空露出点点阳光，洒在远山上。我走出去，秋风拂面，有些凉。云随风动，像是在缠绵，在诉说着情悠远。

你这一辈子，为谁而活

曾听过无数人这样说："这一辈子，人就是为了子女而活。"多少次在父母对你失望时，他们绝望地说出了这句话。这是恨铁不成钢，同样也是心痛和心酸。

这句话没有史诗般的撼人心魄，没有风卷大海的惊波逆转，但却让听的人心痛和泪崩。可以理解他们辛苦工作，努力挣钱，是为了让子女不输在起跑线上，是为了给子女更好的物质生活。子女是父母血脉的传承，是希望的延续，是爱的回馈！父母倾注一切为子女，是责任也是义务。

朋友小 A 已经 30 岁了，还单身中。她说："要嫁就嫁给爱情！为真爱，为了理想的生活而活！"她家庭条件很普通。父亲是一名工厂的工人，母亲在超市工作。她自己在三线城市做着文员的工作。

"我不是能用容貌惊艳了流年的女子，更不是想用才华吸引家世显赫的男子。但我会努力，自己变优秀后，那个他一定在路上等我。"她说父母虽为她的终身大事找她谈过几次，但一直很尊重她，还怕她会有压力，每一次回家都安慰她，说不要委屈自己，不要为了结婚而结婚。

你要为自己而活，而不是为父母！说开明也好，或只是安慰也罢，她的父母的确说出了让她为之感动又吃惊的话。在恋爱和结婚这方面，有多少父母急得如热锅上的蚂蚁。子女逼不得已，甚至在过年过节用上了租男友、租女友的方式去应对父母。

你这一辈子到底为谁而活？为父母？子女？为某个人、某句话，还是某些理想？主观想过云淡风轻的日子，充满诗和远方，但客观因素却不允许，那他就不能为了自己而活。

往往按自己的意愿而活的人，多数被说成自私。为了自己而活更是被认为极度自私的表观。人的成长和生活环境不同，形成的三观可能也有很大差异，当然人生目标就不同。反之，目标之所以不同，初心当然就有异。

有人说我爱父母、子女、朋友、兴趣、工作、理想，等等。所以，人这一辈子不是为了某个特定的人而活，是为了热爱而活。

也有人说人就是为了活而活，而我更喜欢这句：为热爱而活！

以酒之名

这几天下班后，只要有空闲时间，我就拿出书或者捧个手机开始阅读。

父亲问我读什么，我说木心的文章。他问我木心是谁，我说木心是陈丹青的老师。他又问我陈丹青是谁，我没回答，给他看了几个网上关于陈丹青还有木心的视频。

他说：“这两个人有特点。有学问的人就值得好好学习。”父亲说他自己这辈子不是一个有学问的人，唯一爱好就是酒。提到父亲，酒是不得不说的。他嗜酒如命。因为酒我们俩没少吵架。我突然想起鲁迅先生笔下的孔乙已。孔乙已被人打断腿还去喝酒，可见酒对孔乙已来说比命都要重要了。

我曾因此怨恨过父亲。就是现在，我也还是不明白酒到底有什么好。有人可能会说，那一定是我没有好好喝过酒。也许酒量这东西也遗传，至少我以前这么认为。

以前在上海生活时，在一次朋友聚会上，我有事求一人。此人说什么事都在酒中了。我以为人家很真诚的，说喝了就帮忙。我那时如现在一样，固执不说，还特别实诚，人家说什么我就信了。满满一杯三十六度的白酒，一口饮下。在座的人都傻眼了，有的怀疑是白水，还竟然去尝杯中的最后几滴。结果是那个劝我酒的人不但马上答应帮忙，从那次后对我更是有求必应。

我不是一个堕落之人，这里不是指喝酒就是堕落，但我的确那时对酒有点依赖了。为了不步父亲后尘，我下定决心要戒掉。我曾和朋友讨论过关于酒的问题。她说我不喜欢酒，是因为酒给我带来的全部是负面的影响。我毫不客气地拿自己与猪八戒比较以进行反驳。猪八戒一口气吞下整个人参果，不知其味，不知其效。我一口气饮尽烈酒，虽知其味，知其效，但人参果怎可与酒相比。朋友哈哈大笑，回我说酒对有些人而言比人参果味好、效高。我又想到父亲，他总说酒可解千愁，他把酒看成人参果了。

我来挪威后就基本不怎么喝酒了，除非是圣诞节，或者重要聚会时。而在挪威，我还没遇到过劝我喝酒的人。因为长时间不喝酒，偶尔一次只几口都足够让我头痛欲裂。

近来一直在网上和国内的朋友频繁联系，因为写作也结交了一些微信网友，有些人一直说回国请我吃饭喝酒，好好聊聊。

我不懂酒，但曾的确被它所迷，以酒之名，以爱之意。我不懂酒，但曾的确被它所害，以酒之名，以恨之由。我不反对喝酒，但酒，永远是小酌怡情，大饮伤身。

如果有一天，你我一见，不必非什么咖啡与香茶，小酒可尝。以酒之名，与之相见。

你明明很伤心，为何又强颜欢笑

这么失落和不知所措的感觉我已经好久没有过了。如今，感觉身体完全静止，但自己好像游离于这个世界的各个角落。

向着阳的归途中，心走了好久。绕了几个弯，兜兜转转，以为通过捷径能寻找到彼岸，但岂知，根本没有什么捷径。如果不调整，只能离彼岸越来越远。每个人都会有这样的境遇，只是有的人不说罢了。不想承认这是失落，这是不知所措，因为怕。怕亲人朋友担心，怕辜负，更怕自己没有原来自认的强大。强颜欢笑，还在夸夸其谈，似乎越是这样越认为可以好受一些。

雨夜是一个好时机，好像所有伤悲就应该发生在此时。可以哭，可以闹，更可以咆哮。

在电话中，最初听到的是平常的寒暄问候，是安慰和鼓励，但挂上电话后，无声的泪和悲流了满面满心。问自己，何时这么懦弱过。天不怕，地不怕，连命运都不怕的人，此时却怕得要命。这么拼，人家说每天早起，你就五点起，坚持读书，坚持做自己想做的，为的就是成功。

成功啊，哪是那么容易的事呢？不是你天天早起就可以的，也不是你坚持就能实现的。但转念一想，如果不这样，那离成功更远了。在别人面前，你不说苦，不说累，不说有压力。你对自己说很好，在突破自己，看自己能坚持到多久，你给自己一个期限，一年、三年、五年。

你也许会想，为什么别人这么容易成功？为什么你坚持这么久，还是没实现最初的梦想？听首歌吧，音乐像一根根细针充满空气，被你吸进心中，所以每出一口气，就像被扎一下的痛。是笑着哭，还是哭着笑，都无所谓了，因为如果此刻有一人来，你还得擦干眼泪，笑着说："没有，我哪儿那么悲秋伤雨的，看了部电影，感动的。"

你自己都不知道应该用哪部电影来回答，好像哪部都不适合，又全都适合。因为电影中有很多人如你一样，正在强颜欢笑。生活有甜有苦，每高兴一次，甜一次，就自信、满足一次。每伤心一次，苦一次，就成长、成熟一次。你总想笑给别人，悲给自己。你说，其实不一定是为了成功，是为了给自己一个证明。证明什么呢？证明自己的强大？和命运抗争到底？证明不比别人差？证明人家买房你还在租房的不甘心？证明人家月入五万，你连五千都不到的心酸？证明人家拥有诗和远方，而你只是眼前的一地鸡毛琐事？

我说，也许人家的所有，也只是在强颜欢笑。那些悲与痛，有几个人愿意说出。说出又不能解决什么。

有句话说得好："择其所爱，爱其所择，前四个字是前半生，后四个字，是余下的岁月。"

该笑就笑，该哭就哭，生活是自己的，不是过给谁看。无须掩饰，不论伤悲与喜乐。

我拥有着这个世界上最奢侈的东西

生命，对我来说，是我这辈子的奢侈品。我是一个内向又敏感的人。

在现实生活中，笨拙的语言表达能力，欠缺的人际融合能力，让我曾不敢与人面对面交流。自卑和不自信一直在过去的二十几年中与我如影随形。曾经的我，是那么固执又倔强，因为我把我性格中所有的消极面全怪罪于我的原生家庭。

一次次的失望，一次次的伤害，还有一次次的绝望，都是我做出冲动行为的直接导火索。

生命在那时的我看来，是不值得一提、不值得珍惜之事，让我认为是可以放弃之事。在最痛、最苦、最寂寞、最孤独、最绝望、最无助时，只有我，还有我灯光下的身影。

我不是没有人倾诉，也不是没有人帮助。是我不想。当放弃生命的前一刻，是不舍，是期盼，是突然的一念犹豫。也许是天不绝我，也许对我还有“重托”。

我能再次重新振作起来面对生活，就当是我自作多情地认为：“故天将降大任于斯人也，必先苦其心志，劳其筋骨，饿其体肤，空乏其身，行拂乱其所为，所以动心忍性，曾益其所不能。”

我一直在“我命由我，不由天”“得之我幸，失之我命”中游离不定。因为我不知道是前者正确，还是后者正确。后来，我把它归结为：一切都是偶然的必然。生活予我以难，但又返我以善。我这才发现，我是多么地自私，多么地极端。从此以后，我不再害怕孤独，不再怨天尤人，不再自暴自弃，更不去记恨嘲笑和伤害我的人。

因为，只有我自己才能真正地伤害我。我更清楚地明白否定其实是黑暗中的一束光。没有否定，你就不会进步，你就不会看到真正的自己。时间是一个见证者，也是一个鉴定师。见证了开始和经过，放弃和坚持；鉴定了真心和虚伪，优质与平凡。我一次次地与自己晤谈，每次都恍然大悟。

留下来的人，我认为是以前愿意听我字中故事，也是以后期待和憧憬我写的故事。走的人，是不想做故事中的人，也不想听故事的人。生命对任何一个人来说都是奢侈品，都是真正的弥足珍贵。

愿大家嗅过花香，听过离伤，走过荒凉，心仍充满阳光。

不懂生活的人有多可悲

“问君能有几多愁，恰似一江春水向东流。”每轻吟李煜此句，我便感觉抽心而来的是无限的悲愁。

我没有国破家亡、君王成囚徒的境遇，更没有被折磨的无奈。

我有的只是，世上本无事，庸人自扰之。

此时，在挪威极昼之中，没有黑夜的晚上，我想起那句：“月照无眠人。”抬头望了一眼窗外，阳光正照耀着夜空下的峡湾。是的，这就是极昼之时，阳光出现在无黑色的夜之中。

世间矛盾吗？一点也不矛盾。存在，就有着它的原因。就如我的自扰。如果你要问缘由，我可以说出来一堆，但回头发现，全是些琐事，也许是在别人眼中根本不值得一提的事。

我刚刚读过王国维的《人间词话》，书中有这么一段话：一个悟透生活的人才能够真正融入生活，才能够真实地享受、把握生活。真正懂得生活的人，是珍惜自己、珍惜他人、珍惜时光的人。

我低头浅笑。不，应该说是苦笑，因为我赞同那段话。我笑，是笑我自己。原来我才是一个不懂生活的人，我没有真正地享受生活。首先，要珍惜自己。怎么珍惜自己？要爱自己。

昨天还有一个网友问我怎么爱自己？我告诉她要让自己真正快乐！但我有让自己真正快乐吗？答案是否定的。因为有时我口之言还不是出于我心，我还在被一些负面的人和事件所影响，感到不快乐。那怎么快乐，怎么懂生活呢？

其次，要珍惜他人。那些我以为越走越远的人啊，本来可以一起看世界，可以迎接第一道曙光，可是因为我的不珍惜，我逆向而行，反而是我，才是越走离目的地越远的人。

最后，珍惜时光。我在反复地问自己，我有没有珍惜时光？答案还是否定的。我把本应用在爱我的人和我爱的人身上的宝贵时间，用在了不爱我的人和我不爱的人身上。我一直以为我可以做一个不食人间烟火之人，可是没有人可以不食人间烟火。

我原来是这么不懂生活，可是我不想做一个可悲之人。朋友更笑着说："谁都可以，唯你不是。"我也笑笑，那就是说别人眼中的我是懂生活的人，只是我把自己不是懂生活的人的理由扩大化了。愿我们都真正地懂生活！爱生活！

不要等到来不及，才去爱

生活中我们不是害怕分别，而是当离开后才明白还没来得及去爱。

还记得今年最让人感动的句子吗？那就是：

遇见是两个人的事，离开却是一个人的决定。这是一个流行离开的世界，但是我们都不擅长告别。

有些人和事，错过了，或许就永远错过了，真的没有再重新拥有的机会。我们都听过那句：不要等到失去，才懂得珍惜。不要等到夜深人静记忆轻叩门扉，整理往事时，才真正意识到你已失去。而本应是充满幸福的回忆，变成了生命中永带着遗憾的内疚。

在一个你追我赶、追求效率的年代，我们被快节奏的生活所影响，好像对很多事缺乏耐心。没耐心也就失去了爱的激情，认为这些事都不重要，或许可以等一等。

有人说时间过得太慢，来日方长，认为今天不能陪伴，还有明天，后天，大后天。一天拖一天，等到离别那天真的到来了，我们却后悔，也才意识到有些事来日并不方长。

而有人说时间太快，因为还没来得及思考和感悟，也许一个意外就让我们和爱的人天各一方。

一次离别的伤痛告诉了我们，这就是生活，这就是残酷的人生，但在你没失去前，还来得及对你身边的人去表达爱，去展示爱，去深爱。于丹说过：“什么才是真正的拥有？一念即起，拼尽心力当下完成，那一刻才算是真正实在的拥有。”

所以，想要拥有幸福，不要等到来不及才去爱！

爱是信仰

曾几何时，我们没有自己想象的那么勇敢和坚强。被伤害时，要用尽所有的恨和不解去追问为什么。分手时，要花尽所有力气和时间去抚平伤口。

多少个无眠的夜，曾在这种痛苦中思考，为什么付出没有得到回报，为什么受伤的是自己，自己能否放下再次去爱。

每个人都想要完美的爱情，都想幸福地享受爱和被爱。但现实有时却让我们失望，爱情的状态、你爱着的人和你预想的不太一样。最后，平静地或者激烈地无奈选择分手。

你要知道，恋爱不是为了受苦的，既然在一起不开心，没有感到幸福就应该中止。生命不是因为一个不爱你的人而存在，而是为了你爱着又同时爱着你的人。

不要因为深爱一个人而忘记了爱自己，即便是这个深爱的人离开了，和自己分手了，也要好好珍惜自己，因为那是爱的另一种诠释。

大千世界，是那么丰富多彩，不能因为失去深爱的人就让自己的世界变成灰色的。真正爱世界、爱生活的人会重新发现这个多彩的世界，重新发现自己爱的人。

你的人生永远不会辜负你。那些转错的弯，那些走错的路，那些流下的泪水，那些爱错的人，全都会让你更成熟，让你更明白爱，让你明白受过的伤，不会抹去再爱的勇气和能力。

向阳而行，相信幸福下一站的那个人，要为爱而再爱，因为爱是我们的信仰。

爱中的怕

男人最怕女人的不是不温柔贤惠，而是害怕自己的女人心里没有自己。

没有自己，你再怎么付出，再怎么给你认为的幸福，她也不会把心中最重要的位置换成你。如果因感动而在一起，那就不叫真正的爱情。你和一个心里没有自己的女人在一起，那么生活就会非常痛苦。就如那句被电影用得很多遍的台词：“得到我的人，但你永远得不到我的心。”

就这一句话足够让男人崩溃，足够比世界末日的来临还恐怖。再贵的手表也换不来时间，再好的营养品也换不来健康，再努力的付出，也挽回不了一个心里没自己的女人。男人不确定何时女人会离开，但决绝地离开好像并不能让男人害怕。无情地离开也许比在一起而心里却装着别人更让男人害怕。有人说爱着一个不爱自己的人，两人勉强在一起，是世间最残忍、最不公平的事。男人天不怕地不怕，就怕自己爱的人心里没有自己。

而女人最怕的是男人的不陪伴。

男人可以不带女人吃大餐，不给女人送奢侈品，但不能不陪伴。陪伴是最长情的告白。女人是感性的，而陪伴是最能让她们感动的。

工作应酬阻碍了两个人本应在一起的时光，偶尔的独处，也把女人隔离起来。女人是敏感和脆弱的。一个小细节，就足以让女人们乱想到崩溃。所以为了不让她们把过多不必要的所思用错，还是多陪伴一下女人吧。

读木心的书

因为这几天休假在家，便把时间都用在了阅读上。木心的《琼美卡随想录》便与我相伴。

他是性格和行为叛逆者陈丹青的老师，他的作品与福克纳、海明威的作品一道被收入《美国文学史教程》，我对他的文字极为好奇。很多人都认为如果你想了解一个作家，就要看这个人的文字，因为真正的作家都是我手写我心。

他写道："《老人与海》是杰作，其中的小孩是海明威的一大败笔。"他又写道："如果抽掉杜甫的作品，一部《全唐诗》会不会有塌下来的样子。"他甚至这么写道："真想不到俄罗斯人会这样的可爱，这了不起的狗崽子兔崽子普希金。"哪个作家敢字里行间这么谦狂与倔强。可大家认为的口无遮拦其实正是他真正的内心写照。

《老人与海》中老人唯一的朋友就是小男孩，他们两人相互依存，相互照顾。当老人在捕鱼时，他曾几次叫小男孩的名字，足以证明小男孩可以给老人信心和力量。但木心之所以说是"败笔"，有可能他一直认为一个人的信心和力量始终来自于自己。这可以从非常时期他在狱中的非人经历得知。命运越是作弄他，越是要击垮他，一句“我不！”是最犀利的反击，因为他相信我命由我不由天。

杜甫应该是我们中国人无人不知无人不晓的诗人。当木心说出那句话时，无疑是在表明杜甫在中国历史诗词界不可动摇的地位。哪怕他得罪其他诗迷，也要表达和写出自己内心真实的想法。

而对于普希金，我倒认为他完全是出自对他作品的喜欢。俗话说得好，“打是亲，骂是爱”。骂得越狠，就越在意这个人。

书的封面上印着他的话：“琼美卡与我已太相似，有益和无害是两回事，不能耽溺于无害而忘思有益。我将迁出琼美卡。”他的抽身离开也是在内心坚定“吾心安处是吾乡”的一个认证，而让他心安的始终是祖国，是故乡。当雨季来临，当夜色只剩下灰与黑，他的心中也只剩下落叶要归根。那些念念不忘啊，爬满了他的心房。当生命完结时，他终在故土闭上了眼。

当我阅读完《琼美卡随想录》后，文字中所呈现的那种迥然绝尘、拒斥流俗的风格让我震撼。而他的我手写我心、我命由我定的写作和生活态度会让我终生难忘。

有一种暖心叫不让你尴尬

前几日，看到有两位演员在一档节目中的行为，很佩服男人的做法。

在两个人的对戏中，女方在酝酿哭戏，不料眼泪没出来，鼻涕先掉了下来。而男方主动用手接住了女方快要流到嘴里的鼻涕。整个过程自然，丝毫没有影响对戏，而这一举动也让无数人为男人点赞。

有人评论道：这个举动的确是人品好，高情商的表现。果然细节能判断一个人啊。那位男演员不仅敬业，而且情商不是一般的高啊。

众多网友把这一行为归结为高情商的表现。被誉为“情商之父”的哈佛大学心理学博士丹尼尔·戈尔曼曾说过：“怎样处理尴尬，是检验一个人是否具备高情商的首要标准。”

男人的举动让本可能被议论的尴尬事变为正能量。他的这个动作不仅表现了一个男人的绅士风度，更表现了他遇突发事件处理得当的高情商。瞬间大批网友对此人路人变铁粉。

高情商作为一种无形的力量，约束着我们的行为，使我们的形象在他人心目中变得暖心并高大起来。

前几天在网上看到一则新闻报道。

在英国，一位身高 110 厘米的男子詹姆斯和身高 170 厘米的未婚妻在餐厅就餐时，被餐厅服务员误以为是孩子，竟给他拿来填色书和蜡笔。

而当服务员听到詹姆斯说话的声音很低沉时，才意识到自己犯了错，立刻将填色书藏在背后。而就在服务员和詹姆斯都非常尴尬不知所措时，詹姆斯的未婚妻并没有冲服务员发火，反而对身边的詹姆斯说："她这是提前让你做个好爸爸。先练习一下吧！"并把填色书和蜡笔拿到桌子上。

既然尴尬的局面已经不可避免，就应当拿出足够的勇气来面对现实，甚至直接向尴尬挑战。

而当此事被人报道采访时，詹姆斯的未婚妻说："这种事经常出现。首先不怪大家，因为有些人是真的误认。但想对那些有着严重歧视的人说，当人们相爱时，像身高这种小事根本不重要。他没有嫌我高，我为什么要嫌他矮。"

朋友推荐国际畅销书作家尼尔·沃尔什的书给我看，并说他是一个高情商之人。

我抱着好奇在网上查资料时看到了关于他的一个小故事。

在一次记者见面会上，有读者言语苛刻，并反复让尼尔讲述自己遭遇车祸和婚姻失败后，过着餐风宿露、以捡易拉罐维持生计的那段日子。问其是否怪妻子和这个社会，他笑着回答："我不怪任何人，也不会责备任何人，我感谢那段岁月，更感谢喝罐装饮料的人，因为是他们让我有饭吃。你提及这段经历很有可能以后有罐装饮料厂商要找我代言了。谢谢你为我发现商机，让我不可能再风餐露宿。"说完底下响起热烈掌声。

一个让人下不来台，让自己陷入尴尬的局面，甚至有可能会和记者发生冲突的结果，他却用镇定的态度、幽默的说话方式回复对方，高情商的理性表现让他赢得肯定和喜爱。

李开复曾说："在任何领域，情商的重要性都是智商的两倍；在成功的层面上，情商比智商重要几倍。而检验一个人是否有高情商，就要看他怎么处理尴尬。"

同事说最近在看一档舞蹈节目时，被一位老奶奶的高情商所感动。一位看着上了年纪的老奶奶领着一位年轻的小伙子上舞台，还没等评委和这两位表演者说话时，台下的观众就一片嘘声。但老奶奶只和小伙子对视微笑了一下，便专心开始他们的表演。

而在表演没多久，一位评委就按了表示拒绝的红灯，但表演继续着。当老奶奶做出了年轻人都很难完成的动作，频频出现专业人士才可以做的动作时，舞台上下一片欢呼。

最先按拒绝灯的评委首先站起来，并严肃地做出道歉。他说为自己的无知，为自己的以貌取人，更为自己的没修养而道歉。老奶奶摆摆手说这种事不是第一次发生了，因为很多人认为她老牛吃嫩草，让自己的舞伴受了很多不公平的待遇。自己年近八十岁，之所以跳舞是因为老伴生前喜欢看她跳舞，并鼓励她去跳舞。老伴虽然走了，但她还是要继续跳下去。因为她相信老伴在天上会看到。最后说了一句让大家都笑了的话：“你们男性应该多努力了，我想找个和我差不多大的男舞伴，可我没找到啊。这不能怪我。”

老奶奶没有责怪评委，没让大家和自己舞伴尴尬。解释自己年纪大但选择跳舞的原因，又用幽默的话语，让人听了暖心更感人。这不仅仅是为自己着想，更是为那个评委，为台下的观众着想。高情商的表现再一次缓解了尴尬。

一个高情商的人不是代表不得罪人，而是让大家能在尴尬的气氛中发出真正的笑声。处理得当，既不失了身份，又显示了自己的礼貌和大度。

生活中，我们往往更喜欢和高情商的人相处。因为在遇到尴尬局面时，高情商的人可以立刻解救我们离开水深火热之中。如果你要检验一个人是否具备高情商，可以看他是如何处理尴尬的。

别让怨恨的情绪毁了自己和他人

有的人一直在怨恨。

怨恨的情绪，根源于内在愿望得不到满足而产生的挫败感。

比如，孩子得不到家长的关心与关注，会以哭闹来吸引注意，有时甚至做出特别极端的行为。孩子们有时需要的只不过是父母的一个微笑、一个肯定。但是，恰恰父母以忙为由，以打发的心态直接回绝孩子的要求。这样导致孩子一次次地失望、痛苦，然后在内心形成了“父母不重视我”的想法，便心生怨恨。久而久之，这个经验模式就变成了稳定的个体情绪体验模式。

怨恨的情绪来自他人的否定、嘲笑而导致的自卑感。

一个人经历事业和感情的失败，此时正需要得到安慰、鼓励。往往一个坚定、信任和鼓励的眼神就会让人重新振作起来。但想在他人身上寻求的这些诉求不但没得到，反而是无数的否定和嘲笑，这些会使这个人感到无助、恐惧、自卑，不肯接受现实的无奈，然后把没有得到满足的原因，归罪于他人，认为是他人的原因，才让自己受挫和失败的。而经常的自卑感就会萌生出失望和愤怒，而随之而来的是冲动的行为。

怨恨的情绪来自对他人的嫉妒之心。

大概每个人或多或少都有过一些嫉妒的体验。在我们还是孩童时，看到其他孩子的新玩具和新衣服，如果自己没有，这种强烈的对比会产生一种嫉妒。在看到同龄人比自己优秀或得到比自己好的工作，买了自己买不起的房子和车子，有时还试图以命运的不公来解释，但内心的不满或不安，已经证明嫉妒之心已经产生了。

嫉妒在生活和工作中随时可以出现，它被描绘为一种道德上的罪过，或者一种需要用正直的思想去克服的弱点。如果不去修正和克服，严重嫉妒和怨恨会让人失去理智，从而行为上做出冲动之事。

一个人不肯接纳现实的挫败，没有建立正确的三观，而在生活中不断上演并体验怨恨的情绪，从而让自己失去理性思考，做出错误的决断，让怨恨的情绪屠杀了别人，也让自己陷入罪恶的深渊。

第四辑　花木扶疏再相遇

择一最适时，去见想见的人

一周忙碌的工作与学习暂时告一段落，有满足，有欣喜，但也有小惆怅。在这适当的时间，去见自己想见的人。

见想见的人，说想说的话。

曾几何时，其实我们没有他人想象得勇敢。但我们选择做的事，最后却让自己着实吓了一跳，原来我们可以。可以突破自己，可以战胜自己，也可以真正地获得成功与幸福。

彼时的恐惧、不安与焦虑，被自己的勇敢赶得无影无踪。

我要去见想见的人，告诉这个人，我真正做自己时，是最开心的。

多少个无眠的夜，我在思考。思考我所做的一切是否正确，是否值得，是否真正按自己内心的初声。

彼时，我怀疑，矛盾，更有些失落。但天亮之时，也是梦想重新开始之时。

此时，我要去见想见的人，告诉这个人，我会继续。继续做我本职的工作，继续做我热爱、我应当做的事。

曾多少次站在光环、掌声和鲜花中。我知道这是对我付出的肯定，这是爱我的人支持的见证，可我的心除了感动还有一丝丝内疚。

我已尽力，但有时回头才发现，我还可以做得更好。我不想让爱我的人、我爱的人失望，唯有自己做到极致，拼尽全力，才是对这些心地善良的人最好的回馈。

去见想见的人，告诉这个人，永不放弃，向阳而行，爱始终是我的信仰。

想见的人是谁？是一切爱自己的人和自己所爱之人。

给自己一份独处的时光

又是周末，长期早起的生物钟其实让你也睡不到自然醒。此时，你又接到电话中朋友的催促，慌乱地收拾着赶去赴约。桌子上，那本被安排得满满的计划册好像都在提醒你，接下来还有很多要参加的聚会。你是不是也在想，这个周末又将是一群人的狂欢。

其实生活，特别是周末，适合放慢脚步，享受一下暖阳下独处的快乐。

当你真正一个人，与自己独处时，其实也是在和自己会晤。阡陌红尘，喧嚣繁华，经常处于工作中的你，连身体的每一个细胞、每一条神经都不敢松懈。你怕一个不小心，就被优秀的人赶超。

到了周末，到了这个本应该属于自己的时刻，其实应该全心全力地独自享受这属于自己珍贵的光阴。独处一室，泡一杯清茶，听一首动听的音乐，又或者看一部让自己感动得落泪的电影，不必刻意，不必伪装，更不必掩饰。

独处的时光，给你短暂的休憩，让你得到适当的调整，也可以让你认清自己。让平日里紧绷着的心，慢慢舒缓开来。

独处的时光，也可以让你蒙尘的心被好好地擦拭，可以看遍全世界，可以接纳任何一个人，会让你再次感受到平凡生活之美。

让我们都给自己留一份独处的时光吧！为爱你的人，也为你自己。

莫让真心拆两半

世间唯有一件东西不可看穿，那就是人心。

我曾一度把这句话信到骨子里。好像人家即使拿着鲜血淋淋之心，奉于我眼前时，我还有犹豫真伪之念。这种怀疑、敏感和不信任，曾让我失去了很多朋友。但我还没有清醒过来，甚至认为那些人的离开是她们的过错，为了自欺欺人地自我安慰，我还把这称为缘浅或者有缘无分。

对于自己的这种心理我曾也怀疑过。怀疑自己是真的一朝被蛇咬，十年怕井绳吗？自问是真的被友情伤了就再不给任何一个人机会，包括不给自己吗？我更无奈于自己有些懦弱的行为，这行为就是把对他人的不信任转到自己的身上。我还理直气壮地告诉自己是有理由的，这个理由就是我已遍体鳞伤，因为伤我的人让我变得铁石心肠。

直到我遇到了一个人，才让我清醒过来。总带有敌意的人，身上的刺其实扎的不是别人，是自己。这是遇到她后，我所总结出来的。而疯狂扎自己的人，是我。

像我这种美其名曰要珍惜生命，珍惜所有遇见的人，最后才发现，其实我是那个最不懂珍惜之人。我本来是要打算修我心，寻我真，不让别人乱我心，所以对她表示出了示好之意。但没说两句话，我又本性毕露，开始用言语否定她。

她算是我见过的既有文学素养，又有生活修养之人。她的一句："你心很真，只是现在被蒙了尘。"就这一句话，把我的无理取闹之怒气击得粉碎。

我有点被吓到，因为生活的剧情不是应该她也怒，她也气，然后两个人言语相争，刺痛双方最要害部位，两败俱伤，最后才收场吗？之后，不甘心的我同样做了类似的事。结果还是一样，她只用了几个字回我："你很耿直。"

我却心痛起来，因为只有我真正明白，此耿直也带有可怜、可悲之意。

她曾说过："写文章要用情感去写，而不是带着情绪去写。"我此时才明白，这里还应该有下一句，那就是："做人也一样。"她曾对我说："你的耿直、率真没有错。但对于一个有亲和力、有智慧、接地气的和善之人，还有一个心直口快、做事不够圆滑、说话不经思考、经常得罪人的人，你愿意和哪种人接触？"

其实我就是后者，但我自己都不愿意与这种人接触，何况别人。其实我不是不懂，只是不愿意去改。我在乎别人对我的评价，但我错就错在不想承认这是我的缺点。

一个人能把我看穿，是多么地可怕，但我又是多么地幸运。可怕的是我所坚信的，原来其实是最不经岁月和人事所证明的。幸运的是，有这样一个人，可以以这种方式让我清醒。我本已慢慢陷入深渊，以为这辈子都不会再上来，但却有一个人拉了我几下。

对，不是一下，因为她拉起我时，我曾抗争过。她没有松手，拉得我更紧。我知道那时我一定是紧闭双眼，心如死灰一样求堕落于深渊之底。她还是如固执的我一样，不拉我上来，她是不会放弃的。当我上来之时，她却笑着离开。她就像上天派来拯救我灵魂之人。

我曾是一个思想游离之人。突然这一刻，我才真正地意识到，我所谓的倔强和固执也只不过是我的自私，我的自欺欺人。“成也在我，败也在我。我决定了我的一切。”多么幼稚、偏激的话，但它出于我之口。在这几天读了她的书后，我终于明白，她对我的所作所为之因和之意。她也曾自卑、自责、自怨过，她也曾孤独、孤单、孤苦过，她也曾爱过、恨过、幸福过，她也曾被否定、看轻过，但她以笑、以真、以爱回应。她也曾远走异国，独自打拼过。她那年离开中国；我也在那年离开中国。她的目的地是非洲；我的目的地是丹麦。她也曾有文学梦，现在在一点点地实现。我还在这条路上慢慢地走着，梦着。

她看遍了人世沧桑，我经历了生离死别。我从没有向任何人妥协过，包括命运在内。

但突然此时，我却低下了头，因为这样才能看得见自己的真心。珍惜，现在我才知道，不是说说而已，是要做出来，做出来不是给别人看，而是给自己。我不曾后悔自己的选择，是因为我不曾后悔遇见她。

她除了教会我在文学的道路上要稳稳地走，更让我懂得了通往人生这条成功和幸福之路上的真谛。而这条路，我会和她结伴到底。

其实，最远的远方，是去一个人的心里。我叫她亲爱的香红姑娘。

深念，这所有遇见的美好！

君心似我心

与君初相识，犹如故人归。

她曾说：“莫名其妙的孤独感蔓延开来，很久没有这种情况了。突然觉得生活没有意义，一定是我太过浅薄，太过闲散和低级，才会有这种想法。可是，我渴望一个知己，真的懂我。”

彼时，我还不懂她。此时，阳光穿过树隙，打在阳台的地板上、我身上、我心上。很暖，如我和她的情谊，懂彼此。

我是东北人，现在地球的北角——挪威，这个近三分之一国土面积在北极圈的国家。她是陕北人，现在地球的另一角——北京，我伟大祖国的首都。

我们两个并不是每天促膝长谈之人。我们俩都认为过分热络的友谊，很可能会给对方和自己带来负担或者是说了却实现不了的承诺。我曾对别人热情过，认为对方是可倾心相交之人。可是，到最后才发现，热忱的心换来的是一句句冰冷的语言，浇灭了我那颗火热的心。对不熟知的人，我现在选择不多语，因为多则伤。

父亲节那天，她写：“今天是父亲节，爸爸我爱你！想送你礼物，又不知道怎么送给你。快递不知道是否可以到天堂？你的手机号我永远都不会删除，它已经深深刻在我心里。爸爸，我爱你，感谢你多年来的养育。我们都很想你。我们都过得很好。”

读完这段话时，我泪湿满衣。心，一抽一抽地疼。我曾写过关于我和我父亲的文章。我曾怨恨过我的父亲。她说：“小米，我羡慕你。你要珍惜和你父亲在一起的时光，你要知道不是每个人都有这个机会。”

但我愿意去做她的知己，愿意去真正地了解她，不为世俗的一切。我不管她是哪里人，不管她做什么工作，有多少收入，不管她以后发展怎么样，我都不在乎，我只为她曾对我的真心，我愿以真心还！

我们在一个群里聊天比单独聊天的次数要多得多。每次，我发现讨论一个话题后，她所表现出的三观都和我极其相似。有时喜同，悲也似。我庆幸她的出现，不早不晚，刚刚好。在这亿万人之中，又验证了一次：世间所有的相遇，其实就是偶然的必然。

现实生活中我是一个少言之人，又很少主动去热聊。当初与她的相识是在一个朋友拉我进群后。我们第一次通过微信相识，言语中就感觉三观相同。这让她申请加我好友时我秒点接受。在我回国后飞挪威的前一天，她和另一位朋友来机场附近的酒店看我。我准备了几件小礼物，有点不好意思地交到她手上时，她憨憨地笑。那种笑是一种踏实、暖心的回应。

在送的礼物中，有一本加西亚的《百年孤独》和木心的《豹变》。我说我敬佩她，她说她崇拜我。她说我懂她，我想她更懂我。如果心是近的，再远的距离都分离不了你我。

她说她相信世界薄凉，但依然相信有真情。我呢？其实无须问我，君心似我心，我必然相信那份情，就如你我的情谊。我的禾子。

见字如晤

友：

展信好！寤怀几日，想来必要持笔，将这一腔如三月阳的热血，摊于纸上。

这是我第一次给你写信。

记得上次写信是给我的一位家人。于你，是我没有血缘的家人。

还记得我们的相识吗？是的，半路之缘。我们不是从小一起玩到大的死党，不是穿着一条裤子长大的伙伴。上树掏鸟，下河捉鱼，雨里嬉笑，雪里追闹，都不曾有过。

就连彼此的人生重要成长经历——青春，都没有互相见证过。要说以前的情浅，那就说明现在的缘深。

我们在一起做过什么，又见证过什么呢？我问自己，也问你。

友情，曾让我成长，又让我成熟，但也让我失望，甚至是绝望。这之后，我变得更敏感，更小心翼翼。也从那以后我突然发现自己是一个不太懂人情世故的人，就像朴树歌中唱的一样：“我曾经的遍体鳞伤，换来的是铁石心肠。”

因为曾经的事，让我认证了任何物质都可以给予后再还。但唯有真心难给，也难还。要想了解一个人，方法很多。交谈，永远是首要的。我们从怯生生地不敢打扰，到现在的频繁交流。这缘于你发的一个视频，你开车时自录的平常状态。但我却严肃地告诉你，开车不要玩手机。你有点被我吓到了，或许说是感受到了我真实的关切。后来，我们的话越来越多。

后来发现，其实我们的共同点没有想象中的多。我粉饰着内心，遮掩着自卑，营造着虚幻。你钟情于坚持，执着于情感，偏执于原则。你说你很难轻易相信一个人。而我，总想着坏人面具后肯定是有着一颗最善良的心。

我毫不忌讳地把自己的缺点、人性的原罪与恶、丑与悲展露给你。我以为会吓走你，也或许是试探你。但我又于心不忍，因为试探式的去求证一个人的真心，是错误的方法。我就索性自我补救一番，罗列了自己的乐观、善与美的一面。

我就在自我矛盾、肯定又否定中生活着。有时认为我只是黑暗中行走的人，那无尽的路，前面是深渊。但有时又感觉是走在满天星光下，前方一定会是我想到达的彼岸。

以为你会离开，以为你会无奈一笑，可你却说：“你好因为你不是神明，你不好因为你只是凡人。”

这句话说得让人有椎心之痛。世间最让人感动的，是有一个真正懂自己的人。人间浊世，会折损一个人的灵性与纯真。可我们又偏生活在这浊世之中。我没找出我身上的灵性，连纯真都被现实蒙尘。你抬着头向往着诗与远方，但低下的头，是一地的生活琐事。但那又怎么样呢？有着诗和远方的人，其实同样有着一地的琐事。

我要告诉你，真正懂得生活的人，就是把一地琐事过成了诗和远方。

你今天叹了一口气。我认为这是你对生活的无奈，但你知道我是个矛盾的人。我又转念解读，这好像是你大功告成的一个表现。

我本打算一直装得文绉绉地和你谈人生，谈彼此。我神神道道摆出一副舞文弄墨的架势，但最后却发现聊的还是最现实、最口语化的生活。

你说你最近很困惑，在思考受挫败之后如何重回高峰。

我说：机遇和努力，还有决定。

决定很重要。这个决定如果以后失败，你能淡然地说你不后悔当初的决定，就也算是心理的一种成功。我说其实这就要看一个人对成功的理解。永远不变，俗，又最真的目的：名和利。特别在你身处的社会环境中，现在的哪个人不是为这些奋斗。所谓的真正的内心，诗和远方不还是这个。只是有人把这些说得冠冕堂皇，让人接受而已。

你说生活有时真的好无奈，你最害怕的是一年的年末，因为新一年有着太多的变数，一切的努力都可能归零。我说，现实一点不可怕，正是充满未知和变数，才让人兴奋和激动，还有最美好的憧憬。你说，但愿吧！这代表我们向现实低头了吗？我愿意肯定你的一切，但唯有这个，我否定。

现实是什么？对于你我而言，就是两个人相识，你来，我喜，你走，我悲。就这么简单。

我不知道你的豪言壮志，而我，也没有什么鸿鹄之志。就是想若干年后，拉着我孩子的孩子，依着爱我的家人，心中记挂的好友，在一半散落阴凉、一半沐浴阳光的地方，不后悔地回忆着自己走完只有一次的人生。

我一直坚信着，我们都是向阳而走，向死而生的人。我也认为人的一生过程比结果重要。你说如果人生可以重来，你一定会去中国最高学府。如果人生可以重来，就不会有很多遗憾。我却笑了。因为人生没有重来，也没有如果。即使有，那会有其他的遗憾。人生有些人和事，所经历的过程比结果重要。我笑着说你有时就是一个长不大的孩子。可是，你是成年人，一切的凡事都如云风吹散，待到来年，再见此景不会伤愁。我想，你会同意我的说法。此时，你那儿温暖，春伊始，我这儿严寒，冬未终。愿你以后与幸福相遇，有你爱的和爱你的人携手终生。

愿我们：竹影轻风抚旧愁，闲蝉逗趣无丝忧。老友醉笑饮青酒，情谊天长永不丢。

最真的友谊，是洗尽繁华与落寞后，还如星光，照亮苍穹。我不相信有来生，也不大相信轮回。但如果有，愿我们是两朵姐妹花，手牵手，幸福走天涯。

友：芷萍

2018 年 3 月 6 日于挪威

三生，不忘

在生命的长河中，总有一些人和事让自己此生难忘。她和我，于彼此的生命中，注定都是不可相忘之人。我曾多次认为自己是一个灵魂孤独之人，曾经游离态的生活状态，恰如我名字的最后一个字“萍”，我认为自己这一生注定是漂泊的浮萍。我曾多次认为自己就做个独来独往之人，也没什么不好。特立独行在某种特定的情况下，我不再当它是贬义词。我淡淡轻叹着在似水流年中就这样被所有人所忘，但又深深被这一可能要发生的将来事扰乱心神。

难道于亲情、友情和爱情，没有一个会让我几十年后不无遗憾地说：这个世界，我来过，无憾!

我就在自问和矛盾中，遇到了她。那时的她，比我的境遇更糟糕。所以我成了开导和开解她困惑之人。命运就这样把我们拉在了一起，从此烙一印，注明：此生，我来过你的世界！那时的她，在南方。那时的我，在北欧。原本以为遇见也许只是不会再相见的过客，生命中可能最多就是在网络上联系。可命运也好，缘分也罢，就注定我们今后的必然。

是，在认识了两年后，她也定居在了北欧。她说我是改变她命运、改变她一生的人。我说，不是。我更愿意相信是命运本身改变了你我。

千里万里，为我而来，也为你自己的理想生活而来。要谢谢的，不是我，是你自己那一刻的选择。是，有选择，就有得和失。她大度地说："我得到我最想要的，同样也失去了也许会让我最幸福的。我命运的天平，平了。我看得透，很多事都是如此，哪有什么盈和亏。上天很吝啬，让你在某一方面得到，但一定会在其他事情上让你失去。""那我得到了你的真心，我失去了什么？"我问她。我总是这样不解风情，出人意料地瞎问问题。

"你失去了一个可以斗嘴的人。"她微笑。对，认识八年。我和无数人吵过嘴，不管是亲人、爱人、陌生人，但唯独她，是个例外。

其实我们不属于同一类人，无论在性格上，还是在个人喜好上。好像找出的那几点相似处，大多数女性都差不多，比如爱花，爱看电影。在她母亲离世时，我其实没有过多安慰。因为我知道那种痛，不是说几句安慰话就可以抚平，就可以让人减少悲痛。

她知道，我不说不代表我不在意。一个几乎与我同龄的人，那时无父无母了。此生的孝都不能尽了。我和她都知道，有些人一旦离开，就真的再也看不到了。所以，我们又近了些。有人说，那你们是知音，是灵魂好友。不，我们算不上知音。因为有些事，她说，我才懂。如果有信誓旦旦的恋人，呢喃中那天长地久的爱之言，那是倾注了一切的笃定。有刻在骨血深处不可改变关系的亲人，那是任世间万物都不可摧毁的骨肉亲情。有任何外物都不可以诋毁的友情。

在挪威，我把她和我另一位朋友组成一个微信群。群的名字叫"姐妹淘"。我们三个人几乎无话不谈，三个人从来没有嫉妒，有的是对彼此的羡慕和鼓励。我发表文章得稿费，她俩比自己得还高兴。我们谁伤心不愉快时也在那个群尽情地吐槽和发泄。我们身在挪威三个地方，每隔一年见一次，但总感觉我们只是不常见面的老邻居。我们相约孩子大一点，一定要每年来个女人之旅。我们携手晒太阳，去远方。

我是一个幸福和幸运的人，因为幸运地遇到了让我幸福的人。

友情，曾来过

那年我 22 岁，带着梦想和对爱情的向往，踏入了上海这个纸醉金迷的国际化大都市。

上海这座城市，并没有因为我的满腔热血，和我投奔爱情而舍弃家乡一切的义无反顾，而对我有偏袒。找工作碰到了不顺利，爱情在此时也突然有了变数。人情的冷漠，现实的残酷，还有异乡的举目无亲，让我格外脆弱和孤寂。我也有点开始厌恶上海这座城市，我认为它不但没能让我实现梦想，还让现实把我击得粉碎。

此时，我最需要的就是有一个人能听听我的诉说，能安慰和鼓励我几近崩溃的情绪，并能把我从痛苦中解救出来。因为怕父母和好友担心，其他认识的人的嘲笑，所以特别想和陌生人倾诉自己的窘境，可以肆无忌惮地放开去诉说。

她就这样进入了我的生活。而起初我只把她当成一个在网上认识的网友。在网上一个论坛填了自己的生日，之后过了不到一周，收到了一个加好友的申请，上面写着："你好！我们是同年同月同日生。"没有思考我就按了接受，我的一生也随着那个按键而改变了。

聊天中，我知道了她不仅与我同年同月同日生，还算是老乡。而我停不下来的倾诉，她从来不打断，还安慰和鼓励我，甚至说以后会来上海看我。我忽然觉得，世间真的还有美好的东西，而她的出现，就是在我最需要的时候。

我的孤独、失望与痛苦，在遇到她后仿佛都化为温暖。一个个与她聊天的夜晚，一句句鼓励的话语，像拂尘一样拂拭着我心上的悲观。友情顺理成章地在我们中间产生。

在她的劝说下，我放手了那段爱而不得的恋情。我以为痛会把我侵蚀掉，会像大多数认真爱过的人，失恋后会大吃大喝，大醉和大闹，闹到心不痛，闹到麻木，或者找个人再自我欺骗地安慰自己。又或者像一些人选择去旅行，选择去忘记。可是我知道我不适合那种，旅行回来后我可能会更痛，会想为什么旅行只有我一人，以前那句“不要分开的旅行，要携手走天下”，刻在心上的誓言，不想就随风飘散了。

她告诉我，如果是爱，那就不会走远，终有一天会回来。但可能不是现在这个人，因为他已经不爱了。

她也告诉我，人的一生会遇到很多人，也会爱上很多人。不管是亲情、友情和爱情，可能都是冥冥之中的偶然和必然。

她的话瞬间让我感觉自己的情感有了依托。她给予的友情让我看到了亲情。

她给予我勇气和信心，我不想我的一蹶不振和悲伤让她失望和心痛，也不想失去了爱人再失去友情。

记得有人说过：“爱情是一场大雨，即使感冒了，还盼回头再淋一次。”

失恋后，我也渴望爱情。但心里的伤，不是说一下子就可以愈合。

她知道我爱读书，建议我看些乐观正能量的书籍，也可以把书中的故事讲给她听，她说她就喜欢聆听每一个感人的故事。

因为在最开始网上聊天中，知道她是一家国企的员工。用她的话说，每天千篇一律的工作，让她有时也会感觉乏味，在考虑是不是换工作。但父母认为国企工作就是她一生的铁饭碗，不同意她辞职。乖乖女的她只好顺从父母的意愿。

那时的她还没有男朋友，用她自己的话说就是：“我是一个心比天高、命比纸薄的人啊！”她对男朋友的要求很高，除了她父母要求的“硬件”——有房有车外，她还希望对方和她一样，是一个好人。

“一个好人？”我打着问号问她。

她却一本正经地说：“对，就是一个好人。你看过《追风筝的人》吗？”

我回她说没有。

“为你，千千万万遍！”

我把那部小说买来，读完后，哭得眼睛红肿。不是我的多愁，但善感绝对是我的一个“特质”。我为书中的友情而感动，也为改变不了的残酷现实而泪眼迷蒙，那颗心一扯一扯地疼！

一个好人。我要做一个好人。

在认识她后不久，我面试成功一家外企。而少了爱情的创伤和折磨，我一心把精力都放在了工作上。而此时，也有一个出国的机会。

我把这个消息告诉了她，她的第一反应是一定要抓住机会，还说替没出过国的她好好看看国外。

而一周后我去北京办签证，也在北京见到了她。我们见面时完全没有陌生感，就好像久没见面的老友一样，一见就热泪满面。我们一起吃饭，聊天，逛街。还记得我们一起去商场买同样的小碎花裙子。颜色就像是我们的青春，那样多彩。

之后我一个人提着行李，坐上了国际航班，飞往欧洲。最悲恸的友情不是在患难时见真情，是在患难时，面对残酷的现实和医生都改变不了的病症，只能默默忍痛，看着爱的人和自己以泪诀别。

到国外后，起初的一段时间我们经常联系，但之后因为工作的繁忙，加上时差的原因，我们不能常常面对面上网交流，只能互相留言。而我越来越发现，她留言的次数渐渐少了，有时会有几周不回我。我的愚笨还是让我没有察觉出有什么大问题。

之后我有了喜欢我、我也喜欢的人。但对方是外国人，我有点顾虑。我把这个好消息留言给她。没想到，她没有像以前一样的那种欢悦，只是短短的几句话，就是为我找到幸福，替我高兴，不要让遗憾成后悔。因为自己无力选择，怎么拼命都会没有机会的。希望我能成家生子，到时生个混血宝宝，要叫她阿姨。

我这时才感觉有点不对。在我执意要求视频下，她说出了真相。她说，她生病了。我开玩笑地说是不是相思病，肯定是谈恋爱了，想男朋友了。她说了一句至今我都不敢相信的话："父母把老家房子卖了，来北京陪我化疗。"化疗？我的理解是这意味着很严重的病。我当时说我回国看看她吧，她安慰我不要为她担心，就是脑子里长了个瘤，良性的。她说谁告诉我化疗就一定是严重的病，还开玩笑说，以后我得好好看看医学方面的书。还说可以看她的头发，说她都没剃光头发，不严重的。只有那些严重的人才会化疗时掉头发，还说我回去会让她父母更担心的。说以后等我回北京，她一定要请我吃饭，上次我请她吃的饭。

我的眼泪流了一下午，我告诉她我要回国看她，一定要回。她说如果我要回，她就回老家，不治疗了。我知道她和我一样，是个倔强到骨子中的人。为她，我愿意不固执一次。

聊了一会之后告诉我她要好好休息，但她会主动联系我。我就在又害怕又期盼中度过。

她最后一次发表说说：相信这个世界，任何奇迹都会发生！你相信吗？

我留言她不回，打电话打不通，到后来再打是已停机。我和她说过的话，我做到了。我和心爱的他结婚了。我也在国外上了医疗护理专业。可是，她失约了。到现在杳无音信！

世间所有感人的故事都穿插着悲剧，越是凄惨越让人惋惜和感动。我以为只有作家在小说中才会杜撰的情节，却真实地发生在了我身上。我不敢也不想去认证到底她为什么不回我。我不想我和她也是一个悲剧。我还在等她的出现。

我在国外现在最怀念的城市就是上海，曾经对那座城市的愤恨转为感激和思念，因为我在上海时认识了她。

为你，千千万万遍。

友情，曾来过。所以，我知道，你没有走远。

暖阳在心

《史记》曰："白头如新，倾盖如故。"

有些人虽然相交已久，却如同初识一般。但有些人刚刚认识，却好像认识了很久一样，一见如故。

我喜欢交的朋友是她身上自带着巨大的吸引力。与她们聊天时，她们的轻声细语中透露出的稳重和温婉，对文学和文字的热爱，对美好事物的向往，对可获得幸福的主动，对摄影的学习，这一切让我们有着契合。

有一位叫吧拉的姑娘就是其中之一。无论是她的老师、读者、家人、好友们，对她的才貌、经历，还有让人羡慕的爱情都有很高的评价和祝福。特别是她与她先生的爱情故事，感动无数人，让人相信爱情的美好，诠释了嫁给真正爱情的模样。两个人绝对可以称得上是才子与佳人的结合。这个美好的女子身上，有太多的闪光点和吸引力，吸引着同样向往美好，细微之中见真情的人。

春节时，我不远千里飞回东北和父母过节。节后不远百里坐了飞机又坐火车去看她。她为我拍了中国风的照片，又陪我在千年古镇一睹其风采，请我吃当地最有特色的美食。这些都让我感觉到她的热情和真诚。

说到热情和真诚，不得不说我的两位好姐姐。我叫她们雪梅姐和淑婷姐，她们都是极其稳重之人。两位姐姐待我如亲妹妹一样，在中国游玩时除了衣食住行上的照顾，更多的是我出行安全上的担忧。这种担忧如家人般那样自然和真心。

在上海时，雪梅姐又陪我去苏州看望蒋坤元老师和柳兮。蒋坤元老师是身价千万的企业家，但却有着出人意料的平易近人。这个出版了三十一本书的人，每天早上不到三点就开始写作，每天都写五千字左右。这种精神让我知道人家成功是有原因的。柳兮是我的文友。她有一颗敏感的心，而我也有。这种对生活、对人际交往中一些事的无奈我是理解的。她和我同龄，只比我小一个月而已，但像姐姐一样关爱我。在她身上我就感觉她和我有一种与生俱来的亲切感。

还有一位叫雪的姑娘，我叫她海英姐。她算是我的半个老乡，一位善良又热情的人。还是同样的爱好，让我们相遇。在写作中我有很多不明白的都向她请教，她不厌其烦地给我解答。有如此之友，我幸福不已。

宋中兴老师是在写文和生活中给我意见和建议的好老师。宋中兴老师在诗词上很有建树，也常常给我讲解和分析古诗词。这让我对诗词更加了解和热爱。马东坡和王晰大哥，给我纠正文章错字，鼓励我在坚持纯文学创作路上不要放弃。我的好友张园园，虽然只偶尔联系，但默默地支持与关心，让我感动万分。我写作上的贵人猫小姐田青青和齐帆齐虽君子之交淡如水，但对他们的感恩一直永记我心中。齐帆齐出版的第一本散文集中还收录了一篇她为我写的文章。还有很多我要感谢的朋友，正是她们的鼓励和宽容才让我有信心并开心地写下去。

愿我们不要告别，因为我们彼此一直未曾走远。就像歌里唱的：“等那一日晴空万里，我们再相遇时，头上的飞机划出云的弧线，蜿蜒着的思念……”

你我的笑脸相逢，一切的美好愿望都会实现！

花木扶疏时再相见

这世界上总会有一些人相遇了就会把对方留在心底，伴终生。

岁月镌刻成一圈一圈的年轮，有的圈有些人可能没有参与，但都有见证。那些欲言又止，刻意的回避，不是因为不爱，而是因为太爱。

太宰治的《人间失格》中有这样一句话：“无论对谁太过热情，就增加了不被珍惜的概率。”我太想珍惜，更想被珍惜，所以一直刻意谨持，不敢打扰。

生命中对有些喜欢你要忍，忍到春暖花开。而待到春暖花开时，却发现自己敢站到那个人的身边，还是不敢开口。

生活不会让你永远做个天真的小孩子。一杯杯生活的苦酒浇满全心后，知道结果只能再举杯敬月光。酒后的真言未出口而只能无奈消化于心。

苦与乐，爱与伤，带着凄凉，直奔月光。昨日的神伤，今夜的迷茫，于我终无妨。我本是一浮萍，哪儿都不是属于我的地方。也许梦境之中才是我心安的地方。而我和你早就有着一堵墙，我单薄的理想，配不上你日后的辉煌。时间总是在流淌，总想再给自己点希望，但又不想命运再起风浪，只好把这些全部珍藏。

朋友，我看着你默默地走，跟着一路阳光。可你不知道，这一路只留我神伤和迷茫。你回头那刻，我为了不显得慌张，只给你我双眼坚定的力量。也许你会把我遗忘，花木扶疏时再相望，你那时应该带着一个姑娘。我所想的天长地久，不过是梦一场。再忆你的模样，我只感内心憋得慌。再想起那句相遇就会把人留心房的话，才感叹那是自己走向错误的方向。那过往，自己像被灌了迷魂汤。

别了回忆，别了自己的痴傻模样，在你面前还是恢复平常。愿相望时，不谈过往。也愿满眼苍凉，只空留我一人在人间晃荡。

不要让心墙堵住幸福

前几日，有个“90后”亲属发我私信，问是应该和一个喜欢她的人结婚，还是和她喜欢的人结婚。我回她，互相喜欢。

对，互相喜欢才是对婚姻的尊重！不要让心墙堵住幸福！其实这个问题可能被问了千百遍，而答案却有争执。有人说找个喜欢自己的结婚，这样对方会爱自己多些。

我朋友小A，年轻貌美，大学一毕业就和苦苦追求了她三年多的男友结婚了。而婚后不久，小A就跑来和我诉苦，说她老公没有上学时那么爱她，最让她接受不了的是，她的话他居然不听了。两个人争吵时，她老公说，他大学时光都用来追求她，对她言听计从的，他忍受了三年多，他不想一辈子都这样，他受够了。

我想说婚后的路会很长，这一路上所遇大小事的决定权应该两个人共同决定，如果一个人独权，会导致另一个人的沉默、不满和怨恨。日积月累，等到忍无可忍，不鸣则已、一鸣惊人地爆发时，会让婚姻的城堡坍塌。

又有人说那就找个自己喜欢的结婚，甘愿付出一辈子。你是父母心中的小公主，待你似掌上明珠，有一天却让你卑躬屈膝地对另一个人，你确定你能适应吗？别让以后那句“我为你做了这么多，我得到了什么”，而对方却说那是你自找的来给婚姻画上句号。即使你不是父母的小公主，但你的委曲求全也不会换来对方的爱。电影和电视剧中有不少例子，公主、格格们或千金大小姐为一介平民放弃身份与荣耀，到后来很多还是因为付出没有得到回报而后悔。与心里住着另一个人的人结婚，是不正确的，也不是为自己负责的做法。

还有人说那找个门当户对的吧，管对方喜欢不喜欢。以前祖辈成婚时，不是新婚那天才见对方吗？不也过一辈子并孕育子女了吗？感情慢慢培养呗。我要说祖辈那个时代的人，大多数人生活是为生存。日出而作，日落而息，男耕女织和繁衍后代，是他们认为这一生活着的目的和任务。可现今，人们生活是为了生活，在提高物质生活的同时也很看重精神上的共鸣。物以类聚，人以群分，在你选择终身伴侣时，你大多会选择有共同兴趣爱好的。

我朋友小 B，从欧洲硕士毕业回国，家里做生意的父母自作主张安排相亲，并每天施加压力。小 B 最后无奈下听从父母安排，与相处不到两个月的，父母口中门当户对的但他并不喜欢的女孩结婚。因为女孩父母经济条件特别好，初中没毕业就被送到新加坡读书，在新加坡期间不到半年就辍学回国，回来后就无所事事，不是拿着父母的钱长时间旅游，就是和她所谓的好姐妹开服装店，开了两次服装店，每次经营不到三个月就倒闭。她说她开店就是好玩。而我的朋友小 B，却很有上进心，回国把父母的公司打理得不错，为公司创下不少业绩和利润。两个基本没有交点的人结合在一起，很难会促膝长谈。而两个人婚姻中出现的问题变为两个家庭的纠纷时，更让这个问题棘手，甚至无法解决，最后闹得不欢而散。

我说选个互相喜欢的。两个人对视时，能看出对方的爱，两个人走路时，会不约而同地牵住对方的手，情到深处时，两个人会不由自主想给予最深的爱。看两个人共同喜爱的作家的书籍，看共同喜欢的电影，依偎在一起互相诉说读后感和观后感，互相尊重，每天沟通，理智处理存在的分歧。认同两个人都是平等的个体，每个人都有私人空间，成为一家人后，共同努力，共同付出，让彼此没有心墙，一起牵手走最幸福的路。

做一个让人着迷的姑娘

行不动裙，笑不露齿，那不足以让万千人为之着迷。

首先要有一份让人羡慕又让人心怜的工作，在工作中成为一个干练的女人。其次，或纯情天真，或正义凛然，就如一部电视剧或电影中的女主角，让你印象深刻，一眼便记心里。

可以过着那种鲜衣怒马的生活，但在聚光灯、掌声和鲜花的诱惑下，不被束缚，更不会迷失自己。不要让自己和喜欢的人失望。安然，朴素，爱一切原始自然的，作为另一种生活的追求。

要有几份真正的志趣。对，这些不仅仅是自己的爱好，因为这些已成为心中坚定的志向和终生热爱的兴趣。

如做公益。

做公益从来不是给别人看的。即使你看到也不需要你的赞美，只需要你在内心真正地感到：嗯，这就是她。只有她能坚持到底。

是的，有人一做就是十年，而且她说只要她在，就会一直把这份爱坚持下去。

生死有终，唯爱长存。她早已理解并深信。

摄影对于她而言，是生活中必不可少的。因为她说那是爱的记录，那是一切世间美与真的证明，那更是自己在这大千世界来过的最好物证。虽然不必向世人证明她来过，但要告诉自己爱和爱自己的人：我存在，因为我爱。

很多人认为“爱”就是“被爱”，或者说自己的存在就是为了得到爱。她也想得到爱，但她说爱是最自然的感情流露，不是因为我做了什么，而让你们去爱。我做一切事，因为自己爱，不是因为他人喜欢，他人爱。

虽然我们对她是始于颜值，陷于才华，忠于人品。但她纤手扶额，坦诚地说，其实每个人都有直指人心、不可复制的优点，只是有时会被一切外物所蒙，看不到这些闪光的点。

她爱音乐。也似乎她本来就有这种声音和创作的天赋。有很多歌词和曲是她创作的，但她却不夸赞自己的这份能力。她经常谦虚地说，请大家支持。她认为大家去听，是大家在鼓励和支持她。可是她可能不知，是她的音乐吸引着我们去听。

她感恩。她认为一切美好的相遇都是为了感恩。这点我特别有体会。她主演的《假装情侣》上映了，剧中那让人着迷的部分情节拍摄地就在挪威。

在剧中，她在特隆赫姆的山顶上，她虽想忍痛离开那个人，但发现心里最爱的还是那个人。那时，她又在我心中深深地留下了印迹。因为我的爱也在挪威，而更巧合的是我爱的他也来自距特隆赫姆不远的地方。原来一切的相遇，都是偶然的必然。就如她出现在每一次的电影中，她把爱带给大家。

她爱写作。她笔下的文，清新，不做作。她写游记，看过之后好像我们也真正地去过一样。她写亲人，那种骨子中天生的爱是任何事和时间都割舍不断的。她写爱情，即使是两个人分开也让人欣然接受，因为知道这样的安排为的不是遗憾，而是真正的成全。她写孩子，那种未受一切外物所污染过的身心，让人感觉孩子的确是真正的花朵，是未来的希望。

她爱一切，原谅一切伤害她的人。人本善她不否定，因为她宁愿相信有些人做错事是生活所迫。她受伤受痛，自己扛，不去抱怨，不去仇恨。那些痛会随风而去，落地化泥，最终消失在时间的洪流中。她愿一切都是好的。

历久弥坚的信仰，让她选择走天涯。而正是那一片天涯改变了她的人生。

挪威的雪总是来得这么早，这场已是今年入冬以来的第二场。休息日于我，最放松和感到惬意的事，就是煮上一杯不加糖只放奶脂的咖啡，在烧着木火的壁炉旁读书。这几日正在读的书是《我是爬行者小江》。

在书里她写道："有人问我为什么以爬行者自居？我认为：快乐是快意，稍纵即逝；慢乐是享受，历久弥新。能够冷静地领略生命的从容，不是每个人都可以做到的洒脱。在爬行中感悟，早已是我的习惯方式。"她就是要以"爬行"的态度走天涯，把快乐留在心底，把悲伤遗忘在路上。她至今走过好几十个国家。每到一处都会遇到让她感动的事。

因为拍摄一部电影的缘故，剧组到广西瑶族山区。这是她第一次见到那些大山中的孩子们。从那以后她甘愿舍弃优越的生活，放弃众多的机会，选择到那里做支教工作，而且一做就是十年。有记者问过她为什么。她说："这份心灵间的简单与真诚，是最求之不得的。如果错过，那是以后想找都找不回来的人生经历。"她给孩子们弹吉他，唱歌，教孩子认字，朗读。把她自己当成一个真正的教师，甚至是孩子的朋友和"母亲"。无数个自己独处的夜，她都在想她一定要尽自己最大努力，帮助这些孩子们，她认为这是她自己也是上天派给她的一项任务。

2015年9月，她举办首次个人摄影展，11月获得美国国家地理全球摄影大赛中国赛区“华夏典藏奖”。而参赛的照片是她在非洲所拍。我记得看后让我印象深刻的，是心形图案的一群火鸟迁徙的照片。这张照片给人的第一感受就是表现了爱。非洲之行，让她认为质朴的歌声和笑容会印在生命的胶片里，是要用一生去冲洗的。是的，她喜欢摄影，也与她的母亲以前是个摄影者，她的姨夫在她小时开过一个摄影馆有些关系。她在自己的书中刊登过自己的一张全家福照片，而拍摄者是她的姨夫。她喜爱摄影更主要的原因是，她认为世界上最美的风景和照片是有爱的诠释。有时语言是不足够去描述的，但这一瞬间可以用照片来记录。

电影《七十七天》上映。她认为有时拍电影，不只是拍电影，也不是为了生活而苟且地生活着，这更是一次心灵的旅程，甚至是拿命去赌的。在世界第三极——羌塘无人区的经历，是她与自然的挑战，更是自我的挑战。由于影片是在高海拔地区拍摄，她曾一度出现高原反应，加之其所饰演的角色始终坐在轮椅上，既要完成表演，又要兼顾轮椅的操作，手上都磨出很多水泡，更是摔倒多次。她没有退缩，更不会放弃。冰雪风暴、高寒缺氧、野兽出没，任何一种灾难的出现都可能丧失性命。她说她既然选择了走天涯，就做好前面有可能是悬崖的准备。

她在世界地图上画出了自己想去的国家，虽然走过很多国家，但到最后才发现想去的仍是整个世界。她说喜欢在行走中遇到的人和事，这一切让她发生了自己都察觉不了的改变。改变自己态度的过程，也是改变自己人生的过程。

这样的她，让人着迷。

她，是一位乐观有爱的姑娘，她叫江一燕。

等待幸福

是的，青春年少时，好像血液中迸出的都是冲动与不屑。这让他变得不稳重，经常以一副满不在乎的花花公子形象出现在大家面前。而他想攥在手心里的幸福，却因为他的不稳重，随风飘散在时光里，最终只能用回忆取暖。

在余下的岁月里，他反思自己的行为，决定做一个真正的好男人，不辜负大家对他的期望。而他选择以工作为重，在时光中静静地等待爱情的到来。那时，他毫不避讳地说他很期待爱情，也相信终有一天会遇到心中的她，这个等待过程也许会很长，但他不怕等待。而正是这等待的过程，让他在对的时间，遇到了对的人，现在幸福地彼此牵着手开启人生的另一个阶段。

回想起我们大多数人的恋爱，是来自校园中那青涩的初恋。当时懵懂的感情，一个微笑和眼神都会让你感到世界的美，天真地认为爱情里只有甜。到后来小事中的争吵，价值观的不同，还有毕业就分手的现实，让两个人没有成熟理智地对待彼此的问题，导致分手后悲观地认为爱情就是折磨人的东西，对爱情也有了小小的恐惧。但本能地还是期待爱情的出现，渴望最终获得幸福的圆满。

爱情就像冥冥之中命运的安排，总是叫人无奈又不得不接受。

毕业后，大家进入社会参加工作，有了与形形色色的人打交道的机会，爱情观也由此变得理智和成熟，认为不去刻意寻求的爱，在等待中会自然到来。

在无数个加班的夜里，多希望有那么一个人，能送来一顿餐，或者发来一条信息写着关心与鼓励。在周末的聚会中，看着别人秀恩爱，孤独感就越发的强烈，那种愿被一个人爱着的渴望，又一次次地让人认为爱情有时就不应拿成熟和理智对待，也不能光去等待。所以在急切地寻寻觅觅，为了爱而去找那个人。

结果，可想而知，一次次的挫败，让人变得烦躁，甚至是失望，感叹命运的不公，好运的不眷恋。到最后，再也折腾不起时，就会失去信心，慢慢放下，犹如智者讲的一样："慢下来，去放下。在等待中先修炼自己。"

有时，幸福来得就是这么突然，而成功就是在你的不经意间降临。在你不动声色的等待中，他（她）如约而至，让你感到对的时间终于遇到对的人。如果幸福总会到来，那等一等又何妨。

牵着彼此的手，含情脉脉地说一句："等你等得好辛苦，但也值得。"

凡·高：藏在孤独世界中的天才

我们每一个个体其实都是孤单的，我们在世间遇到了和我们有契合点的人，才使我们变得不孤单，而这个世界是所有孤单的人组成的。孤单的人可能不孤独，但有时孤独会偶尔跑出来，好像在提醒着我们在内心的一角我们还是孤独的。

凡·高就是一个典型的又孤单又孤独的人。凡·高在我眼中是一个天才和疯子的结合体，无论是他画画的天赋还是对艺术的热爱，还有他悲惨的一生，都无不让我崇拜和心痛。上天如此残忍，让这样一个有才华的人承受折磨，直到让他最后亲手毁灭了自己。

凡·高的一生，充满世俗意义上的“失败”。他在世时的画作不被人认可，他爱上的也是一个他不该爱也不爱他的人。他，贫困交加，受尽冷遇与摧残，唯有靠他弟弟的救济才得以生存。在生命最后的两年，他与暴戾的病魔苦苦搏斗，拼死为后人换来了崇高艺术的证明与他现今的辉煌。真正的伟大艺术，都是一个创作者的呕心沥血之作和日复一日、年复一年的坚持！

如果说凡·高的奇迹，是天才加上疯子；那么，凡·高至高无上的价值，是他无与伦比的艺术造诣和在当代不被理解、不被世界认可的不公平。他这么一个疯子留给世人的是无价之宝。他受当时社会影响，但他不全是社会的产物，没有人迫使他做任何决定，他所做的仍是按自己的想法。虽然这种做法极端，不可取。

凡·高的艺术成就和人格魅力不是凡人所能达到的高度，我爱上的也许不只是这非凡人物的具象，而是他身上蕴含的让我向往的品质，比如才华、勇敢、不妥协，甚至是最疯狂的极端！他完成了我所不敢做也做不到的一切，包括那最后的爆发！也许是他的孤独使他的灵感得到迸发，但同时也使他的情感得到极端的爆发！

在这个世界上，也许我们正孤单着，但不要让内心孤独太久，因为我们不是天才，也不想成为疯子。

给老人们最后的暖

老人院，对大多数人来说这是一个悲伤的词。因为那意味着远离亲人，是步入死亡的最后一站。而当人们一想到“死亡”二字，就开始避讳、反感、不安，甚至是厌恶。

“我看任何人也没有像看他们这样，他们的面孔或者他们的衣着，无一细节漏掉。老太太们鼓鼓的肚腹大得突出，老头子几乎个个精瘦，人人拄着拐杖。在他们的脸上，看不见眼睛，只在由皱纹构成的小巢里见到一点暗淡的光亮。嘴唇都瘪进牙齿掉光的嘴里，让我闹不清他们是向我打招呼，还是面部肌肉抽搐了一下。”

这是诺贝尔文学奖获得者加缪在《局外人》中描写养老院老人的文字。

记得当我读到这些文字时对老人院也有一些抗拒，想着这辈子都不会让父母去老人院。直到我到了挪威，真正地了解了挪威养老机构后有了新的感悟。首先和加缪在书中描写养老院老人的文字相比，挪威养老院的老人是真正意义上的“养老”。

老人们每人一个房间，有独立的卫生间和浴室，他们自己决定何时洗澡。有身体不方便或者其他疾病不能自己决定的，一周洗一到两次澡。换洗的床单被罩由工作人员送到指定的洗衣房进行清洗。

爱美之心，人皆有之，这在挪威老人身上更是体现得淋漓尽致。一位 103 岁的老人，每天换着不同的衣服穿。我们年轻人用的化妆品牌子，她更是可以说出十几种来。倒不是老人或者子女经济条件好。挪威人到一定年龄段都有退休金，这些退休金足够老人生活。

而西方大部分国家子女到成年算是经济独立，很少有父母再去准备子女所谓的房、车和结婚用的钱。有人说西方人亲情感弱。我倒认为独立并不是代表亲情感弱，可能在理性处理问题时更能接近道德原则和遵守法律规定。

在挪威，如果老人生活不能自理，没有成文法律规定必须由子女赡仰老人，更不会受他人道德谴责。而老人去养老院生活，也都是自愿行为。在养老院的老人最不缺少的就是闲暇的时间。每天固定早上 9 点吃早餐。早餐两个小时后，专业的物理理疗师会来和老人们一起做锻炼。

可行走的老人有相适应的仪器。坐在轮椅上的老人也有专门定制的锻炼椅。中午 12 点是午餐时间。午餐一小时后，工作人员安排或组织唱歌，或者做手工。手工包括：给鸟儿做鸟食、烤面食、打毛衣、跳舞、朗读、玩桌面游戏。

下午 3 点和晚上 7 点是下午餐和晚餐时间。中间 5 点是咖啡蛋糕时间。有人会说这么如流水账的一天就结束了？是的。入住挪威老人院的老人，几乎年龄都在八九十岁，百岁老人更是常见。

世界卫生组织（WHO）曾统计过，世界上人口平均预期寿命最长的是日本，84 岁，其次是挪威，82 岁。如果用年轻人的生活去对比老人，挪威老人已经在享受生活。我看过一句话：人，就是向死而生的。生老病死，自然规律。但可以从饮食、环境、心态上避免有可能出现的疾病，从而延年益寿。

在挪威人的生活中，奶制品是饮食中不可少的。早餐的面包都是加牛奶做的，面包上涂抹的黄油也是牛奶做的，黄油上再放各式奶酪，还是牛奶做的。早晚一杯牛奶，是挪威生活的惯例。由于挪威国土面积的三分之一都在北极圈内，所以挪威的饮食离不开鱼类。像挪威三文鱼、挪威深海鳕鱼、大西洋附近的挪威鲭鱼，都是世界上有名的食物。

而对于老人们的饮食结构，养老院的厨房有专业部门进行专业审查，有营养协会组织进行合理调配，让老人尽量多吃有益食品。相比挪威老人，我们中国人大多数是想着后半生，悠闲地走向暮年，闲下来的时候给孩子带孩子。到真正生活不能自理时，怕给子女添麻烦，无奈选择养老院。

如遇到子女不孝的，别说子女拿钱送养老院，连自己父母无家可归的情况也不管不顾。挪威的老人是幸福的。我们暂不用国与国的福利来对比，因为在国情、文化习俗上，没有好与不好，只有不同。我们国内相关机构可以借鉴和学习，在考虑各方面适合的情况下，取他人之优，避自己之短，又有何不好呢?

你养我小，我陪你老。孝顺老人是我们中华民族的传统美德。但老人们可以决定自己终老的生活之地，如果他们是真心想和子女共住，那我们就该珍惜和老人的最后时光。如果老人执意坚持去养老院，那我们也应该尊重老人的想法。只要他们健康开心，尊重他们，何尝不是另一种孝顺的方式呢?

愿我们中国老人也能真正到老，享天伦之乐，为自己的人生画上幸福的句号。

第五辑　为爱而行

为爱而行

我喜欢旅行，喜欢自由。每个人对旅行的定义各有不同。如果你要问为什么，我可以说出很多，但最想说的就是我为爱而行。

只有你真正地爱，你才能真正地感受到快乐与幸福。

每一次，我站在大草原上，感觉心可以随风而飘，飘得无忧无虑，自由而心安。每一次，旅途中我亲吻着鲜花，吸到身体中的全是芬芳。那是每一个细胞都含着的香甜。每一次旅途中，我遇见的人，除了脸上的微笑，我还看到了内心的笃定。他们笃定着自己的信念与信仰，为之所感，为之所生。每一次旅途中流下的泪，也许有悲伤，也许是喜极之泣，但我知道是心和眸涌出的最真实的情感。每一次旅途中拍摄下的照片，我都会细心珍藏。因为那是我人生一段段最好的见证，见证着我的成长与成熟，见证着这个世界，我真正地来过、看过、经历过。

当你和家人、朋友还有恋人一起踏上未曾到过的城市与国家时，你的心一定与我一样，是期待，是兴奋，是憧憬。但有时可能会天不遂人愿，旅途中发生了不愉快，甚至让人惧怕的事。但旅途中的全部所遇，都是偶然的必然安排。

不要哭泣，不要哀怨，更不要放弃。所有一切，失去的，会以另一种方式弥补。美好，也许就会出现在下一次的旅途中。

为爱而行，初心不变，愿你我都可以在旅途中收获美好与感动。

挪威，斯堪的纳维亚一道独特的田园风光

在地球的北角，北极圈附近，有一个曾以海盗著称的北欧国家。这个国家夏季无黑夜，真正的 24 小时日不落，而冬天则近乎无白日，就是我们曾听过的极昼和极夜现象，它就是挪威。

挪威，国土面积三分之一位于北极圈内。极昼现象指一种“太阳终日不落”的现象，所以又称“永昼”。极昼现象是一个更加适合旅行的奇特体验。24 小时的日不落，让人们忘却日与夜的交错，太阳全天候挂在天空中，好像留恋普照大地而不肯离去，不息不落。

极昼最早时间段出现在名叫 Svalbard（斯瓦尔巴）的地方，它是位于北极地区的群岛，是挪威最北界的国土范围。而在此群岛的一个城市 Longyearbyen（朗伊尔）在每年 4 月中旬左右就开始出现极昼现象。其他挪威城市出现在 5 月中旬到 8 月初左右。在午夜的阳光下，人们忘却了白天与黑夜，在这里，你可以真正体会到什么叫黑白颠倒，体会到午夜狂玩的奇趣。再没有黑夜漫长一说，没有因为黑夜带来的恐惧，而去期盼黎明与光亮。

而极夜，就是与极昼相反，很难见到太阳，天空总是暗暗的。在挪威中部至北部地区，极夜从每年的10月末到来年的3月末出现。

对于挪威人而言，最难熬的就是每年的12月和1月。人们披星戴月地出门，而到下午两三点又披星戴月地回家。但在极夜阶段也是每年观极光的最佳期。看极光是每个游客来挪威的原因之一。极光，以它神秘绚丽的色彩、极为震撼的自然奇观，吸引着世界上无数人仰望苍穹，欣赏这视觉盛宴！

每年有几百万人从世界各地来这里旅游，那是对神秘和美丽的向往。

我要说如果你看到了挪威的景色，就如看到了日光鼎盛，便会信天地清明不在梦中，它就在眼前。说起挪威的景色，挪威的森林是不得不说的。

“那里湖面总是澄清，那里空气充满宁静，雪白明月照在大地。”这首《挪威的森林》是一个年龄段的象征，被“70后”“80后”和部分“90后”所熟知。这首歌曲所要表达的是：人与人之间，就算是再亲密，但心里也有一个别人永远也无法走进的森林，那里是每个人心灵最深处的一片净土。

情爱是人这一辈子都参透不了的让人又恨又爱的感情。它就像一潭湖水，但如止水般静谧的背后，仿佛隐藏着世间所有错综复杂的关系。

湖水深处的未知吸引着人们，而好奇和探索欲像一个巨形磁铁，把人们轻而易举地吸了进去。而这一切，挪威的森林是最好的解释。

挪威森林中最常见的两种树就是云杉和白桦树。云杉是挪威的国树。这种常绿乔木，树干端直，枝条轮生，即便是在白雪皑皑的冬季，它也是绿意盎然，生机无限。而对于白桦树，我脑海中第一个出现的就是朴树的那首《白桦林》。

这首歌讲述的是一段美好凄迷与感动的爱恋。一个安静的村庄，一对生死恋人相依在白桦林，战火烧毁了安宁与他们相爱到老的誓言，他奔赴战场，她每天在白桦林望眼欲穿地等待、守候，最后等来的却是他战死的噩耗。

一个关于情爱的生死恋，而这又让白桦树多了一份隐含的象征，那就是定情树。

虽然白桦树是俄罗斯的国树，但对于挪威而言，除了云杉，它也是在挪威生长的第二大树种。而它也是很多挪威人的姓。

浪花四溅中的高山森林是那样壮观，而水花在山谷间低吟浅唱，好像是在吟唱一首首让人难以忘怀的情歌，而挪威的森林像极了一个无尘的隐士，庄重并严肃地审视着尘世中的你我。

有人会问，此时正是严冬，有啥可看的？极光。我可以毫不犹豫地回答。

极光，被世界上无数人视为神秘又绮丽无比的景象。它是自然界中最漂亮的奇观之一,五彩缤纷之色，绮丽无比，而且每秒都在变化着，像是在天空演的一出光的舞蹈表演。而这场视觉的盛宴就是为了引起人们的注意。

极光，是大自然的馈赠。重峦叠嶂，极光星罗棋布地点点散落在山峦深处。似真似幻，如实如梦，更如诗如画。

我出生在中国的东北，是一个地道的东北人。对雪应该说是见惯了的，但当我第一次看到挪威的雪景时，除了有一份亲切外，也让我内心和思绪安静下来。

照片中，天和地与雪近乎融为一体。卷卷云团镶在天空中，与之对称的皑皑白雪覆盖在大地中。一切看起来静谧而美好。

其实对挪威来说，阳光很珍贵。地理位置和气候原因，有时可以连续三周不见太阳，但一旦有阳光，全世界瞬间就像被点亮一样。

早上起来，窗外大雾缭绕于峡湾之上，如仙境一般神秘又让人向往。而雾气中的雪，像是为了增添一份神秘感而存在。

在前几年的电影《冰雪世界》中，采用的原型地点就是挪威。

看到图片上的树上雪，让我想起著名诗句“千树万树梨花开”。白色的雪团挂在树枝上，风一吹来，瞬间繁花盛开。而房子上的雪，像是一条条白色大毯子把房子包裹起来。

挪威的春雪，下得让人欢喜。于孩子来说，那是他们最高兴的事。幼儿园都会规定每天进行室外活动至少两小时。不论夏与冬、刮风和下雪都会进行。除非是特大雨雪恶劣天气，才会改为室内活动。

挪威人被喻为是踩着滑雪板出生的。滑雪运动在挪威被称为国民运动。小到一两岁的幼儿，大到六七十岁，甚至八十多岁的老人，都会频繁出现在滑雪场。

如果挪威人不会滑雪，就如同在中国不吃米饭。

有句歌词这样写道：“冬季到台北来看雨，梦是唯一行李……如果相逢，把话藏心底没有人比我更懂你……”

那我要说：“冬季到挪威来看雪，以梦为马，要驰骋天下。如果相逢，把爱说出口，没有人比我更爱你……”

看也看了，玩也玩了，此时肚子提出抗议了。去任何一个地方，品尝当地的美食算是旅行的目的之一。

对于挪威人来说，三文鱼几乎是国食，就等同于我家乡东北的一道硬菜——酸菜血肠，那是无人不知，无人不晓。

钓挪威野生三文鱼的最佳地之一就是于瀑布之下，三文鱼从海洋洄游到淡水河流，在淡水河流待数月，进行繁殖和休息。但在挪威大部分淡水河钓三文鱼是必须付费的，而且每年的 6 月 1 日才允许开钓。挪威最著名的钓三文鱼之地，位于挪威中部的北特伦德拉格。挪威国王年轻时几乎每年都会来此钓三文鱼。

因为挪威人以面包为主食，他们凡能想得到的都一股脑儿地往面包上放，就如这三文鱼加煮鸡蛋。

挪威人和鱼是分不开的。喜欢吃鱼的人来挪威绝对是一个明智的选择。就连鱼舌头他们都能想着做成一道美餐：鸡蛋黑胡椒鳕鱼舌头。你可能这时会惊讶，想说鸡蛋的腥和鱼的腥加一起，那还有得闻吗？是不是光听就已经受不了了？可是你一定听过以毒攻毒，估计挪威人也是这么想的：以腥攻腥。效果的确不错，两者加一起竟然会有雨后青草的味道。别笑，不信你来尝尝。

不吃不知道，一吃吓一跳。绝对有别于你吃过的其他鱼餐。外焦里嫩，丝毫没有鸡蛋和鱼的腥味，两者的结合进一步认证了“混搭”也适合饮食界。

而火腿也是挪威最常见的食物。与其他国家不同的是，在挪威你可以在超市买到鹿肉或熊肉火腿。对，你没听错，没看错。挪威人在合法打猎期间允许持狩猎证的人打鹿，但对于猎熊还是有更多的规定和要求。

挪威人常把水果和菜一起拼盘，也许是因为视觉更美观，不过我是受不了这种“混搭”。你不出去走走，不去看看，不去吃吃，就不会知道：世界之大，真的是无奇不有。

旅游书籍《孤独星球》中曾用这句话介绍挪威：“这个地方美得令人窒息。”

挪威的美景还有很多，它们在这里静等你来见证。

里加老城，我愿停驻在中世纪的情怀中

在网上曾看到过这样一段话：“不论你处在什么地方，也不论你是什么人，不管是在此时此刻，还是在我们生命中的任何一个瞬间，有一件事对你我来说是恰巧相同的，我们不是在休息，我们是在一次旅途中，我们的生活是一种运动、一种趋势，是向一个看不见的目标稳定而不停地前进。”

我一直没有停止前进的步伐，于身、于心都是如此。而这一次，我选择了拉脱维亚的里加。

每一次乘飞机去旅行时，登机后，我都会看着机窗外凝视很久，期待着旅途上的相遇，想象着可能难忘的经历，还有可预测的或毫无防备的意外，每每这时我都是又兴奋又忐忑的。一次身体的旅行，很可能是改变灵魂的体验。

清晰地记得，那天大雪纷飞，本来定好的出租车却没按时到来。当我打电话过去询问时，出租车公司说电脑没有记录，而挪威定车又必须提前六个小时定，要不然费用是相当的高，所以只好自己开车去机场了。

而刚从家出来不到一分钟，就遇到了车祸。

目睹了一个三车相撞的场面，第一时间当然是查看受伤的人，并马上拨打了报警电话和救护车，受伤的人虽表面看起来不太严重，但还是要让专业人士检查一下受伤情况，之后我拍下了当时的场景。因为这件事，差点耽误了我的登机时间。上飞机后，已经是满头大汗。

坐在飞机中看着窗外，和以往不同的心情是，我希望接下来的旅途不要出现意外，平平淡淡就好。拉脱维亚位于欧洲东北部，与爱沙尼亚和立陶宛共同称为波罗的海三国。里加是拉脱维亚的首都。早上醒来时，我推开窗，吹进来的是波罗的海的风，湿润，清凉。在老城之行前我看了一部电影，它就是《安娜 · 卡列尼娜》，影片中那几处让人难忘的镜头拍摄地就是拉脱维亚的隆黛尔宫。

这部电影讲安娜在特别矛盾的时期追求爱情幸福，却在其夫卡列宁的虚伪、一见钟情的爱人渥伦斯基的冷漠和自私面前碰得头破血流，最终落得卧轨自杀、陈尸车站的下场。电影中的人物让人同情，但曾经带有爱的场景却让人欢喜和期望。

隆黛尔宫是拉脱维亚最华丽庞大的宫殿，也是该国景点之首。隆黛尔宫曾与俄罗斯的圣彼得堡夏宫、冬宫一样，都是中世纪极具代表性的宫殿建筑。为了更能接近原作中那种豪华气氛，当时摄制组看一眼便定下此处为电影主要拍摄地。这座巴洛克式的经典之作不仅每个房间都奢华得令人瞠目结舌，其中世纪贵族的迷醉生活更让它变得神秘和吸引人。看过之后渐渐明白，在纸醉金迷之下，那些不被人所知、所懂的生活其实有着我们普通人不能体会的无奈和危险。

参观完这座宫殿后，我又想探索这个国家的其他风景。这里除了隆黛尔宫外，还有另一座你应该去的宫殿：黑头宫。这座建筑在 1941 年遭到德国飞机的轰炸，成为废墟，目前的建筑是二十年前重建的。这里白天庄重，夜晚静谧。现在这座建筑对外开放，新人们可以申请在里面举行婚礼。强烈建议你晚上去，街边艺人演奏轻音乐，周围有几家露天咖啡馆，一边喝咖啡一边欣赏音乐，很惬意！

里加有名的中世纪宗教建筑之一，是东正教大教堂。中世纪的建筑有一个特点，就是大多采用哥特式风格的建筑手法。哥特式建筑的特色包括尖形拱门、肋状拱顶与飞拱。这座宏伟的建筑，吸引了大量游客不远万里而来一睹它的庄严和神圣。虔诚的教徒们，在额前和胸前做着十字交叉式的祈祷，口中说着只能见唇动的祷告，那是他们的信仰，他们的心声。在里加，随处可见的就是教堂。

在里加你一定不要错过“黑猫”。“猫之屋”这座里加知名度最高的建筑物，背后的故事让人至今都在议论纷纷。屋主人曾是当地一位极其富有的德国商人，本来想加入声望显赫的同业公会，却因为被同行诬陷生活作风问题，被同业公会拒绝了。于是他恼羞成怒，建设了当时个人在里加最高的楼房，并在屋顶上放了一只大黑猫，用猫尾对着同业公会的总部，以羞辱的方式来表达不满和不公。在中世纪欧洲许多国家，黑猫绝对是神秘和凶恶的象征。然而这只黑猫却在屋顶上！公会最后经调查后和他达成协议，保留这座建筑，但改变了猫尾巴的朝向，将猫头朝向同业公会，猫尾对海朝天。

现在这座建筑成为里加最著名的景点之一，而黑猫也成了里加所有旅游纪念品中必定会出现的标志，当地的人称它是让厄运变好运的魔法猫。

说到情侣们约会的地点，你会想到什么景象？应该是浪漫而美丽的，甚至是梦幻得让你觉得不真实。在里加老城有一处青年男女约会的地方，完全超乎你的想象：不来梅尔手雕像约会地。

雕像非常独特，鸡站在猫的背上，猫站在狗的背上，狗站在驴子的背上。四个动物都伸着脖子张着嘴做唱歌状。这种奇特的约会地点世界上没有几处。来到这里的游客，都喜欢摸摸动物的鼻子，并且拍照，所以最下面的驴和猫的鼻子部分已经被摸得发白了。我在想是不是那的人也有种传说，就是摸一下会带来好运。

位于教堂广场后面的是三兄弟之屋。这三座建筑中间丝毫没有缝隙，人们称之为“三兄弟”也是因为这个原因。

在老城中心，一家大型衣服店正在搞店庆的限时活动。记得我当时去是在下午 3 点半左右。在当天的上午 10 点到下午 4 点间，衣服是按每公斤 10 欧元出售。其他时间恢复原价，也就是每公斤 60 欧元。时间有限，当时的购物就真的如抢一样。从开业至今，这家衣服店就是论公斤售的销售方式。这种方式吸引了大量的顾客。而这种出售方法，说是来源于中世纪的一个传说。拉脱维亚是波罗的海三国之一，而里加又是国都，当时大量的商船和货船行经此地，船上的人用海物和货物来和当地老百姓进行兑换。而所有出售商品都以称重的方式进行。最后当地老百姓也沿用了这一传统而有趣的出售方式，也是从那个时期开始，人们以称重出售商品。

这些中世纪的庄严建筑和他们认为的“幽默”之事，让人感到每一处建筑背后，都有一段历史的回忆，在承受了战争的创伤，岁月的洗礼后，顽强地生存下来。而其中的各种“幽默”也让人深思。

走得了远方，也过得了眼前的一地鸡毛生活。想看里加人平时饮食上的习惯，你就要来菜市场看看。里加中央市场是欧洲最大的集市，从老城到集市只需要步行 15 分钟。它的外部建筑会让人以为是一处博物馆而不是菜市场。

里加老城的一些餐厅也颇具特色。老城很多餐厅都被设计成复古装修风格。在老城中心一家餐厅，刚一进门，会让人以为是到了一家博物馆。餐厅内的装修是依照中世纪的特点，古老又显得庄严。墙上挂着的是真狼皮，墙角站着的是铜制人雕像，墙都是由大块砖头砌成，感觉吃着饭随时会来一场“角斗”之战。当游客点完一份牛排之后，上餐时，会让人哭笑不得。原来，在里加老城，特别是城中心餐厅，点餐是要分开点，也就是说如果点一份牛排，而它的配餐、青菜和土豆就要另外点。如果你不知道这个，就会和我闹出一样的笑话，一个盘子中只有一块牛肉。

服务员会说："这种方式很幽默吧！"有些人对这一"幽默"的商业运营模式不是很接受，认为这是额外收费的一种方式。其实不只是在里加，近几年，欧洲各国都开始陆续采用这种营销理念。在东欧的小国，尝试一种欧洲慢生活，东欧幽默之感，为自己的人生之旅，添上东欧之印。

这一次的旅行，是没有让我震撼的自然风光，也没有让我终生难忘的旅途奇遇，更没有让我胆战心惊的意外之事。但谁说旅行就必须是一场刻骨难忘的行走？这种悠闲的，只领略不同文化、不同建筑的平常之旅，也算是人生中一次行走中的停驻。

我看见过很多美景，但唯你不忘

我拍过车祸现场，挪威的极光，罕见的珠母云，三毛和荷西生活过的一半是海水、一半是沙漠的国家，野生鹿，野生狐狸，等等。但拿起相机，想要记录下来的还是挪威的风景。

那是让人一见就倾心的温暖；那是让人一回忆，就愿意重拾的美好；那是让人一经过，就会印记在生命最深处的经历。

我所居住的小山村，每家的独栋房屋都被粉刷成不同的颜色，这在挪威十分常见。也因为这些彩屋，会让人眼前一亮。再冷的冬天，再单调的白色，也会因这些而让人不觉得乏味。

我所在的地区，因为地理位置原因，每年几乎是从冬一下子进入夏。夏天对于挪威人来说，是一年中最幸福的季节。24 小时的日不落即将来临。挪威的春季，充满新生的景象。人们经过了漫长的冬季，终于盼来了天亮起、雪化起、草长莺飞和鸟语花香的季节。

因为挪威被大片森林和农场覆盖，连飞机降落时第一眼看到的都是森林和大片农场。几乎农场种的只有一种植物，就是草。在春季，是蒲公英最为旺盛的季节。绿茵茵的大草坪上一簇簇蒲公英，像人们特意种下去给大草坪装点一样。

抹一处色，携一片云，勾一汪情！这种诗情画意带给我的是心的驻留，愿留在这田园山水之间，不为世间所烦所恼。三月，不应该是“烟花三月下扬州”，万物复苏，一片绿意盎然的吗？

这里是挪威。这个有三分之一国土面积在北极圈的国家。冬季之漫长，让人忘却温暖，怀念阳光。此时，那句“你在南方的艳阳里大雪纷飞，我在北方的寒夜里四季如春”，此时应该是“你在南方的艳阳里四季如春，我在北极的极夜里大雪纷飞”。

曾经，我认为我是一个怕冷的人。从冬天零下二十几度的东北，满怀憧憬地奔赴上海，那个我以为从不下雪的城市，不会感到寒冷的地方。可是好像命运就是在考验我，兜兜转转，又把我送到了更寒冷之地。

这里的三月，好像有下不完的雪。如此之景，却让我忘却了寒冷。

第一次在零下十几度的雪山上，赤手镌刻着远方人的名字。字毕，雪又倾盖于上，再次掩埋，如于心抚去，验证了有些人和事会随时间蒙尘。而时间的爪牙刺刻的，往往又是心口不一的事。

三月，我这里是等不到的江南好时光。三月，你那里是追不着的北极旧往事。三月，写一句离愁，悟一场伤感，品一段情长，流一行重泪。三月，在落雪的日子，憧憬一次相逢，赏一出喜剧，叹一回人生，露一展心笑。

秋天，对于大多数人来说，是一个有点善感的季节。而对于挪威人来说，是一个最适合户外运动的季节，享受和不辜负大自然这种美好的馈赠。

挪威的冬，总是在挪威人的不情愿中到来。既然不能去改变，那就好好地去适应。滑雪，是挪威人几乎都接触的冬季运动，而滑雪也是挪威的一项国民运动。好像提及挪威的自然景观，极光是永远为首的话题。

我还清晰地记得，第一次见极光时被震撼的感受。

可惜，我还不是一个专业的记录者，还不能把这份美好，用更专业的角度与方式呈现给大家。所以，只能用笨拙的双手，简单记录给大家。愿我分享的美好，在你眼中和心中也能感受到！

醒来的时候，壁炉中的火烧得正旺。木头在火中吱吱嘎嘎地冒着小火星，在灰飞烟灭中做着最后的挣扎。室外，大雪纷飞。世界上的美景很多，庆幸我在挪威就看到了很多不同的美，而有些美让人看过后除了视觉上的享受，更多的是心灵上的震撼。这么多美景，我唯独不忘你。

希腊的那片海

我曾在《我是爬行者小江》那本书中读到过这样一段文字，世界上最美的风景和照片是有爱的诠释。有时语言是不能足够去描述的，但这一瞬间可以用照片来记录。

世界那么大，那么美，我要带他去看看，要为他把爱记录下来。我曾经豪言壮语地说要行走 100 个国家，写 100 个故事。好友说为什么必须是 100 个？每个地方，只要你用心去感受，都会给你不一样的体验。哪怕只有一个地方，也许足以让你一生难忘。

能真正让你了解这座城市的，是你走过去，睁开眼，去看那里的街道，那里的建筑和人群，很自然地让它们和他们在你心中引起一些感受，这些感受就写在你的脸上，印在你身体内的血液中，让你的每个细胞都能感到舒畅或紧缩。你内心有一股强大的热流，让你感觉不虚此行。希腊的爱琴海，曾一直是我梦想要去的地方。因为那里的蓝，是我认为最漂亮的蓝。

我们从挪威飞行了五个小时，到达希腊。机窗外的三色蓝，我看过一眼，便会此生不忘。

曾想象着如果踏入那片海之蓝国度，是我孤身一人，还是牵着别人的手？而此时，我牵着爱人还有他的手。

两个生命中最珍贵的人啊！和他们一起看世界，我认为的幸福就是如此。龙应台在《孩子，你慢慢来》一书中写道：“长长的路，慢慢地走。孩子，我会陪着你，直到你长大，那时我会慢慢退出你的世界，放手让你遨游在自己的天空。”

我的他还没有长大。我一半的世界是他，他一半的世界是我，而我们的另一半是真实的世界。等他自己能独立走世界时，我安心地放手，让他再去寻找这个世界的美与丑，去真正地看广阔的世界，体验不同的经历，理解有些人的不易，去悲悯，去热爱他人，为自己来到这个世界而感恩和珍惜所有遇到的人。

落日余晖，美，但不及他的背影美。清晰地记得我孩童时的一次“旅行”。爸爸带我去亲属家参加喜宴，我坐在爸爸自行车后座上。一路骑行的近半个小时中，是我有生以来认为最重的“在路上”。那时正值夏季，路两边开满了小野花，被风吹过，飘来一袭芬芳。骑行在两座大山之中的土路上，对于这两座大山的故事我早有耳闻。

爸爸说曾祖父小时曾在这座山上看到过东北虎。

清楚地记得我追问着为什么曾祖父没被老虎吃掉。爸爸回答说，老虎不吃好人。从此我在心中就默默地坚信他说的话，也告诉自己要做一个好人。在希腊旅行时，带着他去参观水下活动。一群小鱼在工作人员的带领下欢乐地游着。他问：“妈妈，小鱼和他是朋友吗？为什么那么喜欢他？”我说：“小鱼和我们人类都是朋友。”

“那吃人的鲨鱼呢？”他的眸中充满着纯真与疑惑的神情。

“也是朋友。只是鲨鱼会以为我们不是好人，有攻击性。所以，我们首先要做一个好人。”

他似懂非懂地点着头，看着小鱼。我心情复杂，因为孩子每一次的问话，对于我们的答案，他们都会当真。

我很想告诉他这个世界是物竞天择，适者生存。达尔文的进化论也告诉我们，所有的物种都是自然选择的结果，哪个物种适应环境的能力强，哪个物种就有可能长存于世。

我很想告诉他大自然的生存法则是优胜劣汰，无论动植物都摆脱不了大自然的生存法则。有些人其实一直在和大自然的生存法则做抗争。

可是，一个四岁的孩子，我只能用浅而易懂，甚至是有些善意的谎言去告诉他，想尽量给他呈现的是这个世界的美好。

带他去看老城留下来的建筑遗址，告诉他，这些都是岁月留下来的最宝贵的记忆之证。

每个做父母的人都希望常看到孩子脸上的笑，而不是忧伤之情。曾想把一切都给他，甚至是全世界最好的东西。可是，我们最后才发现，我们就是他的一部分世界，我们在他成长中的陪伴对他来说，就是最好的、他最需要的。

当他成年，我们的往事渐渐风流云散，融入茫茫岁月中。可于他，却印在记忆的最深处，是无论何时再拿出来都不会蒙尘的回忆。

当他自己扬帆远航的那一天，即使遇到狂风骤雨，海浪滔天，也希望他无所畏惧，冲破一切自然界的、人为的、主观的、客观的困难，最终到达成功的彼岸。

当那一天，我们随滚滚红尘绝尘而去时，希望不留遗憾。这个世界，我来过，他来过，我们一起看过，走过！无悔！

在瑞典的盛夏时光“休眠”

盛夏，被阳光炙烤的身和想要偶尔偷懒的心，有点小波动，愉悦着的不安。总想寻一处静地，一抹阳光下安放身心，在流淌的时光中休眠，安安静静地享受着幻想的美梦。

而瑞典则是盛夏非常适合的首选地点。瑞典，一个在斯堪的纳维亚半岛的北欧五国成员之一，有着大片辽阔的森林，一望无尽的平原，连绵的雪山，深邃宁静的湖泊和奔流不止的壮观瀑布。

一个盛夏的清晨，我们驱车开始了旅行。

第一站就是去瑞典一个叫奥勒的城市看瀑布。Tannfossen 是这个瀑布的名字。它的垂直高度达 38 米，宽 60 米。水流量为瑞典最大的瀑布。这条瀑布水流之大和只要有阳光就有彩虹这一奇观吸引着更多的人前来。而最为奇特的是，瀑布在冬天最外层水结冰，而最内层水流则继续流淌着。

那天是大晴天，最先见到的就是那一道若隐若现的彩虹，横跨于瀑布之上，像极了一座七彩桥，让身不可行但思能远行的你通过彩虹到达对岸。奔涌的水流如千军万马，顷刻间就把山谷的鸟虫飞移，树林摇晃。好似让这“休眠”之旅的开头更清醒一些。

在七月末的盛夏，高原上下了一场雪，适时的降雪仿佛是为了让人们享受清凉。在一片有绿树又有点荒芜的土地上装点了一些纯白的色彩。车行于此，仿佛一眨眼间就换了一季，由满眼绿树、芬芳花丛处到眼前此景。

车从高原处行驶到平原，在一处适合小钓和游泳处停下来。小湖四周被绿森林护着，如私家之院。此时，天空有大片阴云压过来，丝丝微风吹荡着，湖面形成一层层微波，大片的云投影于水波上，如一幅浅色的淡淡油画。

在一片草丛处，一只小小的蛙在跳跃，好像被驯服了一样，一蹲身，它便跃在人指尖之上，然后安静地停下来，好像在等待下一个指令。

再走几步，看到野红加仑已经成熟了，红灿灿的一小堆，摘下来放在嘴里，有点入口即化的感觉，香甜间有丝丝的酸。多摘些可以回家做红加仑酸甜汤或者果汁，味道会是让你难以忘却的鲜甜。

本想着此处一游结束，转身要离开时，发现树丛边有一条小径，这时用宋代诗人陆游的那句“山重水复疑无路，柳暗花明又一村”来形容最贴切不过。顺着小径走个二十几米后，一大片蒲公英花映入眼帘。而再远处是一片青草地，右边是一处农场之家。

看此美景，诗兴大发，做了一首打油诗：

闲夏（七律）

雨后云峰换旧颜，空林静静蚁挪踪。

青青草上飞灰燕，粉粉花中落黄蜂。

舍内温茶邀皓月，山前凉石带高松。

轻听此景仙翁羡，说笑何曾酒圣逢。

心光

此时，我坐在斜阳暖照的沙发上，落地窗透过的光洒落在我身上。这个国土面积有三分之一在北极圈的国家，冬日的阳光如黄金一样珍贵。但只要有一束光，就如我心中那坚毅的光，也能让我从尘埃中照亮鸿蒙。

单亲家庭的孩子被偏见加上过太多的标签，如性格有缺陷，敏感、自卑、脾气不好，人际交往方面会有障碍，等等。

我不否认因为单亲原因，会影响单亲家庭中的孩子的观念和行为。但有些观念不是根深蒂固的，随着时间、事件、心境的变化，这些痛会慢慢淡化。我就来自单亲家庭，父母在我不到四岁时就分开了，我曾责怪过他们，我自己不成熟的思想认为他们的分开是对我最深的伤害。

我的父母是普通的老百姓。父亲刚成家时，拿着结婚收到的礼钱而独自南下，做起了烟草生意。但天不遂人愿，没多久就因为经营不善而生意惨败。这让他一蹶不振，整天以酒消愁。

母亲在舅舅当厂长的纸袋厂做流水工人。因为父亲整日喝酒，不务正业，两个人基本是天天争吵，再后来经常大打出手，最后以离婚收场。

虽然看到别的小朋友有父母陪伴，会羡慕不已，也曾有些失落。但流下的泪拂去后是内心的坚定，我告诉自己，如果上天让自己有缺失的爱，那有一天定会以另一种方式弥补。我改变不了我的出身，但我可以改变我的后半生。幸福在自己手中，我要靠努力奋斗，遇困难之河逆流而上拼到底的精神获得成功与幸福。

人生的每一天、每一分、每一秒我都认为是机会。而正是因为我抓住这一分一秒的机会，才能让我能够成为别人口中的人生逆袭者。

我因为 3.4 分没有考入公费高中，而自费又要比别人每年多付近 2000 元。因为家庭经济原因，我只能选择退学。一个初中毕业的人，在老家那个地方，最适合的工作就是去餐厅打杂。

老板说因为年龄关系，不能让我正式成为合同工，又因为完全没有工作经验，所以就以帮忙的口头协议让我免费给她家先做一个月。东北冬天的气温在零下二十度左右，我从家里早上八点多走二十分钟到餐厅，路上这二十分钟，我的睫毛总是会结一层白霜，脸被刺骨的寒风吹得刺痛，嘴唇也干裂。然后我一直工作到晚上十点多又步行回家。

虽然这一个月是免费的，但餐厅与酒商有协议，如果在点餐时推他家的酒，并成功售出的，会有所谓的“瓶盖钱”。每个月底，酒商会来店一次，服务员拿着这些瓶盖换钱。不同种类酒所换得的瓶盖钱也不等，从最低一个一两元，到最高一个四五十元。

那一个月我虽然没有基础工资，但却拿到了近 300 元的瓶盖钱。十六年前，十六岁的我，攥着人生中第一次用自己劳动而得来的 300 元钱时，笑着哭了。

之后我用两年打工的工资，存够了我的学费。在两年的打工时间中，我没有放弃学习，一有时间就看书。在一次当地的电视节目中知道了自考。随后报名参加了辽宁大学外国语学院的自考招生，成为英语自考专业全日制的学生。当时学校为了鼓励学生，设立了奖学金制度。我三年在校期间获得了最高奖学金，在校时成为班长和学生会副主席。入学第二年申请入党并顺利成为党员。

这些都是和我的努力分不开的。我早上五点起来背单词，背完单词主动去教室打扫卫生。因为教室只有我一个人，我可以一边大声地说英语，一边打扫教室。每天晚上宿舍熄灯时，我为了不影响别人休息，就用度数小一点的手电筒躲在被窝里看书。也因为我的努力和坚持，我是我们班第一个顺利考过 12 科、拿到全国承认的英语专科学历的人。

为了提高和完善自己的英语水平，我又去了大连外国语学院进修一年，之后又到上海外国语学院进修一年。结业后，应聘到外企工作，成为别人口中的小白领。之后因工作关系，我只身一人飞往北欧工作和生活。

我是一个适应能力差的人，也是一个接受能力慢的人。刚来到北欧时，首先不适应的就是食物。对于一个有胃病的人来说，这无疑又是一个雪上加霜的事。北欧人都是喝冰水，无论是炎夏还是寒冬。牛奶是从冰箱中直接拿出来喝。更没有粥店，连国内最普通的小米都要去亚洲超市买。而因为是进口关系，价格比国内贵了近十倍。

当时的我负担不起这高昂的物价，就在愁眉不展时发现面包成了解决这个问题的最好方法。北欧人的早餐、午餐，甚至晚餐都以面包为主。选择全麦少糖和少盐的面包，不仅让我无须担心物价问题，也让我不担心胃病。

另一个困难就是气候问题。北欧因为地理原因，有着漫长的冬季，还有着极夜现象。早上 10 点多天亮，下午 2 点多就天黑。冬天会连续一两周看不到太阳。这个问题我主观上不能改变，那就调整自己，没有了太阳，白天似黑夜也没有关系。这时就用上了“不以物喜，不以己悲”的感悟，更用到了“事不关己”的态度。

最重要的困难就是孤独。孤独感是善感的人最明显的特质。即使和一群人狂欢，那种强烈的“唯我”感觉也会一直萦绕在身旁，或许说是在心中。书籍就是解决我这个问题的一个方法。文字可以给失去信心的人一束光，给伤心的人一个精神上的拥抱，更给自己的家人带来正能量。

随着阅读量的增加，我越来越觉得孤独没什么不好。这种感觉有时会激励自己，会静静地或者主动地去找另一个或者另一种孤独的人和事。遇到了，会感叹一声，噢！原来我并不是孤独的，世上真有另一个“我”。

回顾自己这一路走来的过往，有很多的挫折与困难。上天在原生态家庭中给了我一个不完美，没能考上公费高中，一个小女孩做最辛苦的体力劳动，异国生活的不适应，等等。但我仍旧没有放弃自己，任世界怎么虐我，我仍然爱它，更爱我自己。因为我知道心中坚毅的光，会让我从尘埃中照亮鸿蒙。

放慢脚步，享那暖阳下的耕劳之乐

挪威的春季，充满着新生的景象。人们经过了漫长的冬季，终于盼来了会思念夜的到来的季节。天开始亮得早了起来，每天的日照时间多了起来。待到极昼之时，挪威就是真正的24小时日不落之国。

正因为有了阳光的照射，万物生长得更加快速起来。高山的大雪被暖阳融化，流成一条条小溪，蜿蜒地从山间流下，缓缓地驻入峡湾之中。而大地，此时休眠了一个冬季，已经储蓄好了一切能量，准备好了她将要投身于新生命的培育中。

孕育的过程是缓慢的，不轻易被察觉的，但待到一定时间，那在期待之中又出人意料的结果却是在眨眼间的呈现。

农场主们开着大型专业耕地车，悠闲又专注地驶在土地中，一遍又一遍地重复着，为了生命，也为了他们自己的生活。

对，他们把这当作生活，而不是生存。他们说这是人人平等的地方，谁都可以生存下来，而他们要做的，就是好好生活。

翻地的初始工作结束后，接下来就是将一颗颗带着生命的种子撒下。

但世界万物都有生命中止时，有的还没真正成为一个物体时，就挥手告别。而留下的是那些有着顽强的生命力，和尘世有着缘分的生命体。

而想让这些生命体从外界再获取些生命力，那就要靠他人的努力。人类是聪明的、友善的，是用最真的心去让这一切得以实现。

农场主们都悠闲而又专注地耕作在土地中，一遍又一遍地重复着，为了生命，也为了生命更加长久地努力着。

大型撒肥料车，给大地，给生命再一次注入让生命更加坚韧的养料。好像再美好的事物，也有让人想逃又无奈的方面。因为肥料的气味，让挪威春天的某些日子里，纯净的新鲜空气中总夹杂着尴尬的味道。

但农场主们咧开朴实的嘴角，憨笑地说这是最自然的味道，也是人可以理解又可接受的味道。他们不以为苦，反而以此为乐。他们说这是在为他人、为自己的生活而做的事，也是最正常、最自然的事，何来苦一说呢。

是的，当你转念一想，有些事看似不能入眼，不能印于心，可是正是有了这些事，才能让你把它背后所辅助的事，清晰地印于身和心。

我很羡慕挪威人的处世观。他们不会和你大谈什么哲学之道、人生之理。好像尘情往事，一切的云卷云舒之事，在他们眼中都是最正常不过的。他们很泰然处之地接受一切，包括生与死。生，来时欣然接受；死，走时也平静面对。

咖啡是挪威人生活中不可缺少的一部分。在农场主劳作时，工作车中总有一杯或者一瓶咖啡的陪伴。他们不认为喝咖啡就是一种身份的象征，一种情趣的高尚。他们说，那就是水中注入了另一种成分的饮品。饥渴之时，他们都会把咖啡当作解渴之物。而看着眼前这些充满生机的农作物，他们举起咖啡，说一句：“干杯！”

有认真去培育、去照顾的生命，但与此同时，也有着“不请自来”，不需要任何人为的照顾的生命，在无形之中，正悄悄地随风落入大地。

那就是蒲公英。

在春季，是蒲公英生长最为旺盛的季节。而在挪威，蒲公英算是一道春夏之季最常见的风景。绿茵茵的大草坪上生长着一簇簇蒲公英，像人们特意种下去给大草坪装点一样。农场主们笑着说那是蒲公英们看着太单一的大地，想再增加些颜色，所以有了如阳、如生命的黄色。

有的农场主不去管这些合法入侵者，只由它们肆虐地繁殖、生长。待它们自己辛苦培育的生命将大丰收时，会将一切收走、装进白色的大袋子中，或储存好喂进冬天时饥饿的牛、羊、马的嘴中。所以，蒲公英也算没有白在世间来一回，它们也起了些为其他生命做贡献的作用。

这个世界，万物都是如此。你存在就会有存在的道理，为你自己，也为你已知或者不知的人和事。

三毛，因为你我走遍万水千山

三毛说过："旅行真正的快乐不在于目的地，而在于它的过程。遇见不同的人，遭遇到奇奇怪怪的事，克服种种的困难，听听不同的语言，在我都是很大的快乐。虽说一沙一世界，一花一天堂。更何况世界不只是一沙一花，世界是多少多少奇妙的现象累积起来的。我看，我听，我的阅历就更丰富了。"

每一次乘飞机去旅行时，登机后，我都会看着机窗外凝视很久，期待着旅途上的相遇，想象着可能难忘的经历，还有可预测的或毫无防备的意外。每每这时我都是又兴奋又忐忑的。一次身体的旅行，很可能是改变灵魂的体验。

记得刚上初中时开始接触三毛的作品。对于三毛本人，她的传奇经历、凄美爱情、生命终结的方式让人震惊又惋惜。正是由于这些，让她和她的作品更受到关注。

我读的第一本她的书是《撒哈拉的故事》。这本书让我有种忘我而入境的感觉，感觉我就是她，是我在撒哈拉中的所见所闻和所感。三毛就是有这种感染力。她的文字清新、朴素，没有华丽的辞藻。正是这样才让我读后欲罢不能。之后又读了《万水千山走遍》《稻草人手记》《梦里花落知多少》和《雨季不再来》。我对每一本都如痴如醉，原来爱上文字是这种感觉。

她的文字有一种魔力，让人不自觉地去喜欢。而正是读了她这么多文章后，我感觉每个人都应该出去走走，去看看。这个世界真的很值得我们这样去做。而我，也是这么做的。

我去过十几个国家，但我知道这只是个开始。我愿走遍万水千山。

“心，若没有栖息的地方，到哪里都是流浪。”所以旅行不是去流浪，是体验生活的一个小过程。

而有时“刻意去找的东西，往往是找不到的。天下万物的来和去，都有它的时间”。所以，旅行也是注定的事情。

旅途中遇到的好与坏，就顺其自然地去接受，把那份担心化为愉悦。也愿待万水千山都走遍时，还如初愿!

满眼荒凉，因为你心中全是海洋

一月四日，对于很多人而言只是普通的一天，但是对于三毛迷们而言却是不同寻常的日子。因为28年前的今天，台湾著名作家三毛以自杀的方式结束了自己的生命，永远地离开了这个世界。有些三毛迷们就其离开世界总结了很多原因，其中有一条让人看了无不生痛。

那就是三毛走不出伤痛，割舍不了一段深缘，更走不出曾经的一个幸福之地。这28年间不断有人去往三毛居住过的地方，毕竟那里有着三毛最美好的时光、最爱的人，也有着她最深的伤痛。那个地方叫大加纳利岛。

有人说：终其一生的幸福之旅就是和家人、心爱的人去想去的地方，看想看的风景。那三毛曾是幸福的。三毛爱沙漠，爱大海。她曾写道："每想你一次，天上飘落一粒沙，从此形成了撒哈拉。每想你一次，天上就掉落一滴水，于是形成了太平洋。"

在这里，三毛把自己的经历写成了一本书叫《撒哈拉的故事》。在这里，三毛度过了自己一生中最快乐幸福的婚姻生活。在这里，三毛永失所爱。她的所爱叫荷西。荷西是西班牙人，两人婚后定居于西属撒哈拉的大加纳利岛。三毛没有等到大众所说的“七年之痒”，等来的却是七年之止。婚后第七年，荷西在一次潜水中出现意外，丧生于他热爱的大海之中。三毛走遍千山万水，但她不想走进这片海，也走不出这片海。三毛写过滚滚红尘之事，但却写不尽对海的喜和恨。三毛看过众多美景，但都比不过她和荷西曾生活的地方美。荷西曾说三毛是他的爱人，大海是他的情人。三毛说他永眠在自己的情人之怀。

我知道了三毛和荷西的故事后，决定去大加纳利岛。人们旅行，不仅仅是为了看风景，更是为了探寻自己的内心世界，寻找自我，也为了遗忘和重拾。在没去大加纳利岛之前，我去过很多有海的地方。在去了大加纳利岛之后，我认为自己以前看到的海不是海。不是所有有大海的地方就有沙漠，而大加纳利岛却是有着一半海水一半沙漠的地方。

在这里有个地方叫马斯帕洛马斯沙丘。这是到大加纳利岛必来之处。马斯帕洛马斯沙丘位于马斯帕洛马斯村南部，面临浩瀚的大西洋。沙丘体积巨大，蓝色的大海与金色的沙漠形成强烈的视觉冲击，与海相邻的景致显得独特而壮观，适合户外旅行者来此进行徒步活动。而这里被人熟知的另一个原因是天然浴场。在这你会被眼前的一幕所惊，会明白为什么西班牙人以热情与豪放著称。很多人在柔软的沙滩上裸体散步，晒太阳。没有人感到拘束、不安与不妥。但他们并不认为自己的行为和热情与豪放挂钩，因为他们认为这种行为就是在尽情享受阳光、沙滩和大自然。

远处的大海，一望无际。近处的海边沙滩连着沙漠。沙漠的边际是荒山，只有两种颜色的大山，灰色和绿色。在这里，我看到了荒凉，也看到了希望。这种生命的对比色，让我想到我们的生活。每个人生活的基础色其实都是这两种颜色。只不过有的人给它添加了很多颜色，有的人让它越来越灰暗。来大加纳利旅游的很多人愿意去爬山，不只因为可以登峰，一览众山小，还因为顶峰是生命之色，是生活之端。

如果你想体验在沙漠中徜徉，完全可以坐上骆驼来一场沙漠之旅。一百元左右人民币体验一次，不算是太昂贵的消费。像三毛一样感受沙漠带给她的别样感觉。双脚行走在沙漠里，当回头再望去时，自己的脚印很快就消逝了。大加纳利岛由火山喷发形成，这就出现了另一个奇观，就是你可以在南部的沙漠中漫步，参观中间的火山口。然后坐几小时车去北部，在北部你可以在高山遇雪，一切都在同一天发生。

来大加纳利岛还必须去拉斯帕尔马斯的海滩，它有着最柔软的细沙。这里没有很大的海浪，一切都是那么温馨与浪漫，沿着海滩是绵延半英里的金黄色海滩，海滩上的小酒吧排成一行，而在附近，你可以方便地找到各种各样的餐馆和商店。热情好客的服务员会礼貌地问你需不需要用餐。即便你在听他耐心讲完不选择进入，他们还是非常礼貌地表示理解。海滩本身分为两个不同的区域，一部分是家庭沙滩，另一部分是水上运动。一年中最拥挤的季节是一年一度的世界风筝锦标赛，届时全世界的大部分人都会来参加比赛。

也有很多来大加纳利岛的人喜欢把时间“浪费”在酒店之中。从酒店的阳台望去，满眼的夏季之色。在午后斜阳的时光里，阳光正好，微风不燥，处处弥漫着闲适安逸的氛围。享受阳光、海浪的声音，也是旅行的一种体验。不必挤于茫茫人海中，不必为了拍美丽的景色而在灼热的太阳底下暴晒等，更不必急着回到导游规定的地点。就这样，在阳光下悠闲地静享慢时光。

不喜欢慢时光的人，那可以去购物者的天堂——堤亚纳大街。它位于拉斯帕尔马斯东部，是该地的主要商业街。由于大加纳利岛为免税岛，所以该地的所有进口商品都免税。在大加纳利岛旅行，最不能错过的就是西班牙的美食。西班牙海鲜饭是西餐三大名菜之一，与法国蜗牛、意大利面齐名。这道海鲜饭是来大加纳利岛的游客必点的菜。这道菜的主要食材是米饭和各种各样的海鲜。因为加入了海鲜，所以闻起来就特别香，吃起来是一种诱人的咸鲜味。

另外一种来加纳利必吃的就是西班牙土豆饼。西班牙土豆饼，顾名思义，由土豆制成，在煎熟之后上面加上鱼子，有一种别样的风味与口感。这道菜遍布西班牙各个酒吧和餐厅。西班牙火腿，当我在餐厅看到吧台负责人现切生火腿时，才知道这和网上描述的一样。整根连蹄带骨的生火腿是西班牙最美味的美食特产。西班牙人嗜吃生火腿。这个生是指火腿几乎全部只用粗盐调味，而且只是自然风干，非常简单自然。虽然这些火腿都经过很久的陈年风干，但一切下来很快就会走味，所以一定是随吃随切。

有好吃的菜，就要配好喝的酒——朗姆酒，西班牙风格的朗姆酒清淡。这种朗姆酒虽使用的原料是蜜糖，但它却甜而不腻。

三毛在书中写道："快乐的日子总是很短促的，躲在心里的枷锁不可能永远不去面对处理。时光无情，来去匆匆不可以伤感呀，天下哪有不散的筵席，即使千里搭长蓬。"当一场旅行结束时，总有不舍与小小遗憾。比如，还没有亲自去三毛故居，目睹一下她居住过的房子。还没有亲手给荷西送一束鲜花，默默说句安！可是，有遗憾才有期望，才有下一个下次。这也是旅行真正的意义。大加纳利岛，我还会再去一次。

格但斯克，在东欧国享受这一处恬静时光

四月，被民国大才女林徽因称为最美之月。她的那首《你是人间四月天》，充满着对当时恋人的赞颂与深爱。

我也爱四月，主要因为是我的出生之月，也是一切万物复苏之月。

选择了在四月下旬出游，是早已就决定好了的。只是此次，没有选择大众热游地，而听一位朋友推荐，选择了她的家乡之地——格但斯克。这个东欧国中一处小地。

格但斯克，波兰北部的一个海滨城市。而波兰在历史事件中，最让人熟知的是第二次世界大战的战火就是从这里开始的。

岁月已走，战争已过。而如今留下的是有着见证历史的建筑，还有那些在和平下安居的人们。

在格但斯克市中心，有一条护城河，这条河横穿于小城之中，最后汇于波兰海。河两岸大部分是战争后期和最近几年才新建的。

顺着河道走到离市中心很远的地方时，两岸就少了很多建筑。而岸上的树上，鸟儿们筑起了很多小巢。

从原路折返，回到市中心广场，已近中午，看到越来越多的人在悠闲地散步。四月下旬的小城，温度在15℃左右，微风不冷，但还是有丝丝凉意。

周六的中午，看到的大部分是中老年人。在没来之前，好友就和我说过，城市里的大部分居住者是中老年人，青年们要不求学外城，要不去欧洲其他国家打工，而去的人数最多的国家则是挪威。波兰和挪威都属于申根国家，所以波兰人可以在挪威合法申请工作，而不用申请签证。另一个原因是挪威在欧洲乃至世界来说都是高收入之国。

所以城中相对来说安静了许多。可能你会说，没了年轻人，就没了热闹与活力啊。可正是这样，才让这座城有了别的城市没有的这份恬静。没有了喧嚣的城市，多了一份恬静。而在这里居住的当地人和过来旅游的人，正是冲着这份恬静而来。

走在大街上，没有熙熙攘攘的人群，连市中心一个酒店门外都不见一个人，好像是店已经打烊了一样。

正值中午，肚子有些饿，选择了市中心的一家餐厅，在室外区的一张小桌边坐下来。

每个餐桌上都摆放了一盆盆栽花，座椅上搭了一条红色的小毯子，以给需要的人取一点暖。这些小细节，又给人一些温馨与温暖。点餐者把餐单放在桌上，并微笑着说："请慢慢看，如果需要只一招手就可以。"

东欧国家的餐饮消费都不算很高。但在市中心的步行街道中，同等餐的消费额要比普通地方高出近六七十元人民币。看过餐单后，我招手示意服务员，本来要点一份牛肉餐，但突然又改主意想吃羊肉，服务员很热情地忙给我推荐了他家的招牌莱，而价位和我要点的没差太多。

我在宁静的街道旁，享受着一份煎羊排和一杯橙汁。过往的人还在悠闲地走着，微笑地轻声说着。吃过餐后，在小城走着逛着，卖纪念品的小店正在营业。稀少的客人让店主们在偶然来个客人后非常热情。如果没有选到心仪的商品，店主们也是微笑着送到门口。

午后坐市区的公交车，来到了海边。蔚蓝的天与海汇成一片。细软的沙滩上一波波的小海浪吹来。旁边的海滩石好像慵懒地躺在沙滩上。光着脚任海水浸泡，在松软的沙滩上望着海上不远的游船。

这里没有让你惊叹的自然奇观，没有时尚或古老的建筑。但这里能让人真正放下烦恼，远离喧嚣，内心得到真正的释怀。

来这里享受一份恬静的时光，让思绪飘在人少的街道。在虽有凉风的季节，但身和心都是暖的。

海南，与你赴约于天涯海角

海南，应该算是中国最热门的旅游城市了。九年前，我第一次来到海南，为赴那次天涯海角之约。

每对恋爱中的男女，都会多多少少许下恋爱誓言。那年，你对我说要带我去天涯与海角。

我们俩从上海起飞，近三小时的飞行，落地海口美兰国际机场。那时，二月份。二月的上海还是阴冷、潮湿的。但下了飞机后，我们马上被暖意包围着。我清楚地记得，那天是阴天，没有明媚的阳光，但丝毫不影响我们愉快的心情。酒店和行李都安顿好后，我们就出发去了附近的海边。

细软的沙滩，一片无际的大海，被风刮起的海浪，还有我那被风吹起的长头。你轻搂着我说："小心被风吹走，你太瘦了！"我推开你，向前小跑说："把我吹到天涯海角，带上你！"

我们光着脚，任由一层层海浪打湿。不是在海边长大的孩子，感觉更向往与热爱大海。大海深处的神秘，海那边望不到尽头的好奇，美丽人鱼小姐的传说，还有渔夫和金鱼的故事，好像凡和海有关的人和事，都可以引起我的兴趣。

你知道我对海的一往情深，便告诉我，有一日一定会带我去看海，去天涯海角看海。我没有回应什么，但心里像小孩子一样。有人告诉她会实现她的愿望，内心便欢呼雀跃的，因为没什么比这更高兴的事了。

简单地在酒店吃了晚餐，兴奋地等待和憧憬着第二天的行程。

我们来到了万泉河。它发源于五指山，是海南第三大河，被誉为中国的“亚马孙河”。

我们买了船票，乘着船欣赏河两岸的风景。河上游两岸是典型的热带雨林景象，郁郁葱葱的参天乔木，高矮山峰连绵不断，湍急河水绕山而转。船行于此，感觉是在进行一次雨林中的探险。但身边有你，即使是山林野兽出没，也不会感觉害怕。

河的下游水流平缓，河面平静，偶尔的微风使河面荡起涟漪。远处的椰林村庄清楚可见，树梢小鸟声鸣可听，船下的沙礁可辨，小鱼可观。手握恋人，此时此情，让人无酒而醉。

到了万泉河，怎么可能不去玉带滩。玉带滩的奇在于它一边是烟波浩渺的南海，海水汹涌，波涛翻滚，而另一边却是流水平缓的几条河流汇集一起。玉带滩就横卧于其间。在玉带滩上行走，踩着柔软的细沙，望着两边不同的风景，内心也随着景色起伏着。

玉带滩上有很多黑色的大石，被人们称为圣石。这些巨石形成一个个岸礁。

来海南当然要品尝海南的特色美食，苏眉鱼配冬菇和南瓜饭，是至今都能让我回忆起和留恋食物在舌尖的那种感受。

之后我们去了南山，看到了南海观音像。观音像为三尊一体，从每尊的正面看均是一尊观音圣像，环绕一周方可看清三尊手势各异的观音圣像全貌。很多虔诚的信徒们来此朝圣和膜拜。合掌加额，长跪而拜，为心中所信，心中所祈。

最后，我们来到了心心所念的天涯海角。面对茫茫大海，看到两块巨石上写着“天涯石”“海角石”。我疑惑地问：“这就是天涯海角啊？”

你笑笑不语，只点点头。我像生气一样噘着嘴跑到石边，但是还忍不住笑着说：“来，拍照留念吧，至少证明我到了天涯海角啊！”照片我现在还保留着。

青春年少岁月中或者恋爱中的你们，有没有人和你说过要带你去天涯海角呢？即使你如我一样都知道目的地，但还是与他一起赴此之约吧！

游绿石谷，在东北享受江南之景

在辽宁省有一句话被人们广泛流传，那就是："早知绿石山色好，何必千里去江南。"我和家人没有千里去江南，而是经过两个小时的大巴车程，来到了位于辽宁省本溪市的绿石谷景区。

绿石谷坐落于辽宁省本溪市汤沟国家森林公园，因谷中石上苔藓和小溪中水草碧绿之色而得名。

我们刚入谷，第一感觉就是清凉，也瞬间就能感受到温度之差。当时我们去的那天温度是 32℃，但谷内体感却只有 27℃左右。谷内高耸的崖壁直入云霄，飘逸的枫树被风吹着，摇曳生姿，仿佛要拂去人们从谷外带来的热汗。

我们没走几步，就看到一条蜿蜒的小溪卧于谷底。青苔藓和水草被透过树缝的阳光照得更加碧绿。而在不远处，是一道小瀑布映入眼帘。微小的流水落差造成的小瀑布，如珠链顺着叠石而下，有节奏地敲打出一曲曲永不停止的乐声。微风习来，木兰花和山茶花的花香四溢，让人闻着花香微醉着继续前行。

踏着潮湿的青石，来到了双龙潭。这是一处两条瀑布分流后汇聚而成的潭，因为那两条瀑布形似两条白色卧龙而得名。在潭之上有座吊桥，桥上的扶手上挂着人们许愿的红绳，愿如龙之形的瀑布能让他们愿望成真。走过吊桥几十米后又听到极大的水流声。

又是一处瀑布之景。而在瀑布下，有一处凉亭。亭中有石凳和木桌，几位游客正在休息和拍照。看此景，想到如果是玄幻的白雾之中，是不是会出现一幅才子们吟诗作赋、把酒畅饮、谈笑风生之景。

之后我们来到了“黑熊洞”，在洞口我们看到了一头黑熊，当然这头黑熊是人工制造。关于黑熊洞还有个传说，相传在几百年前，此洞有黑熊一家，但不知什么原因小熊死亡，熊妈妈和熊爸爸把小熊拖入洞中，再也没有出来过。之后有胆大之人在好奇心驱使下入洞，看到了黑熊一家相拥而躺，但都没有了气息。人们不知是因为疾病还是其他原因，但相拥而离开的方式让人感动。虽然传说有人为添加之嫌，但感人的故事总是让人心生怜爱之情，所以建了一个黑熊洞作为一个小景点。

越往谷中走，越感觉清凉人的不只是身，还有心。在一处大石头上，刻着一个“美”字。我认为这不仅是认证了景美，也让游人的心美了起来。我们双手捧把泉水喝，纯甜之味，留于舌尖，清凉之感流入心间，让身心再一次地“降温”和满足。

谷尽头有一座小寺庙，人们可以购买香火，许愿和还愿之用。而人络绎不绝地为愿而来。

有诗云：“春花飘香十里峡，夏绿湿地水溅花。秋叶尽染满山红，冬雪汤沟景最佳。”这是对绿石谷一年四季景色最好的描述。

我和家人都是第一次来绿石谷。我们说终于找到一处避暑的好去处了，家人对我说不仅可以避暑，还可以看小桥流水，听鸟语虫鸣，尝纯甜之泉，感自然之气息，仿佛置身于江南水乡之处。但现知绿石山色好，不必千里去江南。